KB046649

정말 미안하지만,
나는 아무렇지도 않았다

정말 미안하지만,
나는 아무렇지도 않았다

김동식 소설집 5

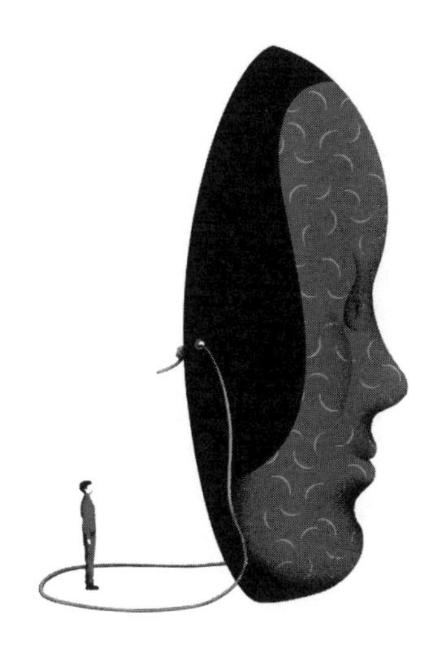

요다

차례

T 컴퍼니

폭력 전과 6범 최무정은 이번에도 화를 참지 못했다.

바르게 살아보고자 마음먹고 취업했던 공장의 회식 날에 상사와 싸움이 붙었고, 결국 주먹이 먼저 나가버렸다. 그날 밤, 피에 떡이 된 상사와 동료들을 향해 욕설을 내뱉으며 집으로 돌아온 최무정은 아무런 대책도 없이 그냥 자버렸다. 예상했던 일이라고, 어차피 자신의 인생은 이렇게 흘러갈 거였다고 생각하면서.

한데 다음 날 아침, 그의 원룸 문을 두드린 건 경찰이 아니었다.

"최무정 씨 계십니까? T 컴퍼니에서 나왔습니다."

"음…"

최무정은 숙취 때문에 인상을 찌푸리며 문을 열었다. 깔끔한 양복 차림의 사내가 웃으며 앞에 서 있었다. 그는 고개를 가볍게 꾸벅하고는 이야기 좀 하자고 했다.

"어젯밤 폭력을 저지르셨죠? 저희 T 컴퍼니가 경찰에게서 모든 권한을 위임받았습니다."

"…"

남자의 말에, 최무정은 그를 집 안에 들일 수밖에 없었다. 사내는 짐짓 자랑스러운 표정으로 설명을 시작했다.

"이번에 드디어, 저희 T 컴퍼니가 정부의 승인을 받게 되었습니다! 그래서 이제 최무정 님 같은 범죄자분을 저희가 대신 처벌하게 되었는데요."

"잠깐! 처벌? 무슨 소리야!"

최무정이 사내의 말을 끊고 물었다. 사내는 빙긋 웃으며 말했다.

"최무정 님을 감옥에 넣는 대신에, 저희가 처벌을 한다는 뜻이지요."

"뭐요?"

최무정은 단박에 불쾌해졌다. 감옥에 들어가지 않는 대신이라니, 어쩐지 굉장히 좋지 않은 느낌이 들었다. 사내는 진정하라는 손짓을 하고는 다시 설명을 이어갔다.

"국가 입장에서 보자면 사실 교도소라는 시설은 매우 비효율적이거든요. 운영비는 운영비대로 들고, 안 그래도 부족한 젊은 노동인구는 더 부족해지고… 게다가 가장 중요한 교화는? 교도소 갔다 온다고 모두 선량한 시민이 되나요? 글쎄요, 최무정 님의 경우만 봐도… 하하."

"뭐야, 이…"

"그래서! 정부는 저희 T 컴퍼니에 일을 맡기기로 했습니다. 저희는 교화에 대해선 정말로 자신 있거든요! 최무정 님 같은 몇몇 분에 대해선 말이에요."

"뭐라는 거야, 지금?"

최무정이 성질을 부리기 직전, 사내의 입에서 낯설지 않은 이름이 나왔다.

"두석규 씨 기억하시죠?"

"…"

최무정의 눈이 흔들렸다. 그가 절대 잊을 수 없는 이름이었다.

"너, 너 이 새끼! 그 새끼를 어떻게 알아?"

최무정의 반응이 만족스러웠는지, 고개를 끄덕인 사내가 말했다.

"저희의 처벌 방식은 간단합니다. 최무정 님이 범죄를 저지르실 때마다, 저희 회사는 두석규 씨를 행복하게 만들어드릴 겁니다."

최무정의 얼굴이 충격으로 일그러졌다.

⋮

최무정이 아주 어릴 때였다. 그의 어머니가 다니던 교회에 두석규라는 아저씨가 있었다. 최무정은 항상 맛있는 것을 사주던 두석규를 무척 좋아하며 따랐다. 그가 어머니와 붙어먹기 전까지는 말이다.

하루아침에 최무정의 가정은 파탄이 나고 말았다. 어머니는 두석규와 야반도주를 했고, 아버지는 알코올중독에 빠져 폭력을 일삼았다. 게다가 고등학교 때 겨우 연락이 닿아 찾아간 어머니는 술집 여자가 되어 있었다. 분노한 최무정이 두석규를 찾아가자, 그는 이렇게 말했다.

[교회 응접실에서 네 엄마랑 할 때, 네가 문틈으로 보고 있는 거 다

알고 있었다. 너도 알면서 말하지 않았잖아? 내가 사주던 피자 때문이었니? 치킨 때문이었니? 그래놓고 네가 날 욕할 자격이 있다고 생각해?]

그 기억은 최무정에게 큰 트라우마로 남았다.

두석규의 이름을 이제 와 낯선 이의 입에서 듣게 될 줄이야. 게다가 그 새끼를 행복하게 해줄 거라고?

"이… 이 무슨 개 같은!"

최무정의 얼굴이 벌겋게 달아올랐다. 사내는 고개를 끄덕이며 다시 확인해주었다.

"예. 최무정 님이 범죄를 저지르실 때마다 두석규 씨를 찾아가 행복하게 만들어주는 것. 그것이 저희 T 컴퍼니의 처벌 방식입니다."

"무슨 개소리야!"

"자."

사내는 흥분한 최무정의 눈앞에 서류철 하나를 내밀었다. 그러더니 서류를 천천히 넘기며 설명을 시작했다.

"가령 어제 저지르신 폭력 범죄에 대해선… 여기 보시면 현재 두석규 씨는 스페셜 유럽 여행권에 당첨되었다는 연락을 받은 상태이십니다. 추가금이 일절 붙지 않는 상품으로, 동반인을 몇 명이든 데려갈 수 있는 말마따나 정말 스페셜한 여행권이죠. 그러니 두석규 씨는 지금 얼마나 행복하실까요?"

"이! 이익!"

최무정의 입가가 부들부들 떨렸다. 서류철에는 행복하게 웃고 있는 두석규의 사진도 붙어 있었다.

사내는 고개를 갸웃하며 물었다.

"사실 최무정 님의 입장에서는 잘된 일이 아닌가요? 교도소에 가지 않아도 되니까 말입니다."

"이 새끼!"

크게 흥분한 최무정이 그에게 달려들려 하자, 그가 웃으며 말했다.

"폭력을 행사하시려고요? 그럼 두석규 씨는 또다시 행복해지시겠네요!"

"!"

자신도 모르게 우뚝 멈춰 선 최무정을 보며 싱긋 웃던 사내가, 순간 표정을 달리하며 차갑게 말했다.

"두석규 씨를 행복하게 만들고 싶지 않다면, 더는 범죄를 저지르지 마시길 바랍니다."

사내는 그대로 방을 나섰다. 최무정은 사내가 두고 간 서류철을 보며 인상을 찌푸렸다.

⋮

최무정은 회사에서 잘리긴 했지만, 폭력으로 구속당하지는 않았다. 사내의 말이 모두 사실이었다. 최무정은 오히려 잘됐다고 생각했다.

"흥! 감방도 안 가도 되고 얼마나 좋아? 멍청한 것들! 흐흐흐."

사내의 말에 따르면 앞으로도 어떤 범죄를 저지르든 처벌을 받지 않을 것이었다. 최무정은 고삐 풀린 기분으로 대로를 걸었다. 걸으면서 여러 가지 상상의 나래를 펼치기도 했다.

최고급 식당에서 온갖 요리를 시켜 먹고 돈이 없다고 우겨볼까? 자신을 잡아넣었던 형사를 찾아가서 미친 듯이 패볼까? 자신을 자른 회사로 찾아가 행패를 부려볼까?

"으하하하!"

면죄부가 생긴 기분이었다. 지금 최무정은 뭐든지 할 수 있는 초능력자가 된 것 같았다. 마침맞게도, 그의 눈에 유명 레스토랑 체인점이 보였다.

"그래, 한번쯤 먹어보고 싶었지."

주머니 사정 탓에 한 번도 가본 적 없는 고급 레스토랑. 최무정은 그곳으로 걸음을 옮겼다.

⋮

식탁 하나를 가득 메운 고급 요리들. 최무정은 예의고 뭐고, 게걸스럽게 그것들을 집어 먹었다. 아주 만족스러운 식사였다. 몸도 마음도 흡족해진 최무정은 계산서를 들고 여유롭게 문 쪽으로 향했다. 아주 당당하게 정문으로 도망갈 참이었다. 한데,

"…"

어찌 된 일인지 계산대 앞에서 최무정의 발걸음이 우뚝 멈춰 섰다. 이대로 계산서를 던지고 바로 옆의 문으로 도망치면 되는데. 그냥 그렇게만 하면 신고를 하든 말든 처벌받지 않는데.

"으…"

순간 그의 머릿속에 옛 기억이 떠올랐다.

어릴 적에 교회 응접실 문틈으로 보았던 두석규의 모습. 어머니 위에서 숨을 헐떡이던 그 모습. 그러더니 고개를 들어 문틈을 돌아보는 두석규의 모습. 기억 속 두석규는 어제 그 사진에서 보았던 행복한 표정을 짓고 있었다.

"빌어먹을!"

이를 악문 최무정이 지갑에서 카드를 꺼내며 거칠게 물었다.

"할부 됩니까?"

⋮

지난 몇 달간, 최무정은 자신도 믿을 수 없을 만큼 법을 잘 지켰다. 딱히 그러려고 한 것은 아니나 법을 어기려고 할 때면 응접실의 두석규 모습이 떠올랐다. 그 새끼가 자신 덕분에 행복해진다고 생각하니 소름이 끼쳤다. 그래서 그간 담배꽁초 하나 함부로 버리지 않았다. 며칠 전까지는 말이다.

"저런. 또 폭력으로 신고가 들어왔습니다, 최무정 씨. 블랙박스 증거 영상도 확보됐고 말입니다."

"…"

또다시 찾아온 사내를 보자 최무정의 얼굴이 일그러졌다. 그는 억울했다.

"씨발, 그 새끼가! 어? 대리운전비 그거 몇 푼이나 한다고 그걸 못 주겠다고 하잖아! 어? 내가 반말도 참고 욕도 참고 웃으며 운전했는데, 운전석 시트가 찢어졌다는 말도 안 되는 트집을 잡으면서 돈을 못 주겠다잖아! 어? 당신 같으면 주먹이 안 나가겠어? 아닌 말로, 그 새끼야말로 쓰레기지!"

최무정이 열변을 토했지만, 사내는 한마디로 일축했다.

"아무리 그래도 폭력은 안 됩니다."

사내는 가방에서 서류철을 꺼내며 웃었다.

"그래도 최무정 씨는 저희 T 컴퍼니의 관리 대상이니 얼마나 다행입니까? 감옥에 갈 일도 없고 말입니다."

"…"

"그럼 이번에는 두석규 씨가 얼마나 행복해졌는지 보실까요?"

최무정의 표정이 어두워졌다.

"와우! 로또 2등 당첨!"
"뭐, 뭐?"

사내가 펼친 서류철에는 은행에서 입금해준 당첨금을 확인하며 기뻐하는 두석규의 사진이 첨부되어 있었다.

"와, 로또에 당첨되면 얼마나 행복할까요? 저는 상상도 못 하겠네요."
"무, 무슨 말도 안 되는!"

최무정의 턱이 덜덜 떨렸다.

"이번에는 동영상도 있습니다. 보시죠."

[역시 착하게 살다 보니 이런 복이 오네요! 너무 행복합니다!]

"이익!"

사내가 보여준 태블릿 영상 속에서 두석규는 함박웃음을 짓고 있었다. 이를 가는 최무정 앞에서, 사내가 이번에는 서류철의 내용을 하나하나 짚어가며 설명했다.

"두석규 씨의 근황을 알려드리죠. 일단 차를 바꾸셨네요. 돈 문제로 관계가 소홀해졌던 여동생하고도 다시 예전처럼 왕래가 잦아지셨네? 아, 조카 대학교 등록금을 쾌척하셨구나! 존경 좀 받겠는데요, 이건? 이거 참, 정말 살맛 나시겠어요."

"..."

최무정이 아랫입술을 질끈 깨물었다. 사내는 자리에서 일어나 웃으며 말했다.

"과연 이보다 더 행복해질 수 있을까요? 궁금하시죠? 저도 무척 궁금하네요."

사내가 떠나간 자리. 방바닥에 놓인 서류철을 보는 최무정의 눈빛이 이글거렸다.

⋮

늦은 밤, 최무정은 전원주택의 담을 넘고 있었다. 그의 품에는 잘 벼린 칼이 들어 있었다. 목표는 두석규였다.

지난 며칠간, 최무정은 하루도 편안히 잠들 수 없었다. 하루에도 몇 번씩 두석규가 떠올랐고, 그때마다 가슴이 갑갑하고 울컥

했다.

최무정은 이렇게 살다가 미쳐버리느니, 차라리 그를 죽이고 감옥에 가기로 마음먹었다.

교도소에서 어깨너머로 배운 도둑질이 이렇게 도움이 될 줄이야. 손쉽게 창문을 열어젖힌 최무정은 조심스럽게 방 안으로 들어갔다. 한데,

팟!

최무정이 들어오자마자, 방 안의 불이 환하게 켜졌다. 그리고,

"너, 너는!"

사내가 그곳에 있었다. 웃는 얼굴로, 최무정을 기다리고 있었다. 최무정이 눈을 부릅뜨며 설명을 요구하자, 사내가 능청스럽게 대답했다.

"당연하지 않나요? 감시해야죠. 조금만 생각해보면 충분히 예상할 수 있는 일이잖아요?"

"…"

최무정은 이를 악물었다.

"그 새끼는 어딨어?"

"아, 두석규 씨요? 지금 연예인들 파티에 계실 겁니다. 평소 동경하던 여가수와 합석을 하실 예정인데… 얼마나 행복할까요? 이게 다 최무정 님의 무단침입 덕분이죠, 뭐!"

"너, 이 자식…"

발끈한 최무정이 한 발 앞으로 나섰지만, 곧 방문을 열고서 들어온 건장한 사내들의 모습에 움찔하며 멈춰 섰다. 검은 양복 차림에 검은 선글라스를 낀 사내들은 순식간에 최무정을 둘러쌌다.

"보시다시피 두석규 씨는 확실하게 보호될 것이고, 최무정 님의 행동도 늘 감시될 겁니다."

"아으…"

최무정의 얼굴이 마구 구겨졌다. 그러자 사내는 고개를 흔들며 그를 타박했다.

"간단한 일 아닙니까? 그냥 앞으로는 선량한 시민으로 사시면 되는 일입니다. 그럼 더 이상 두석규 씨가 행복해지실 일도 없을 겁니다."

"…"

사내는 여전히 굳어 있는 최무정의 얼굴을 보고는 한숨을 내쉬었다.

"아무래도 포기하지 않으실 것 같은데… 가령 최무정 님이 두석규 씨를 죽였다고 칩시다. 그럼 어떻게 될까요? 최무정 님이 감옥에 들어가게 될까요? 아니요."

"뭐?"

"그때도 최무정 님은 저희 T 컴퍼니가 처벌합니다."

"무슨 소리야?"

최무정의 미간이 일그러졌다. 두석규를 죽여도 감옥에 가지 않는다고? 그럼 자신을 어떻게 처벌한다는 것인가? 자신은 두석규만 아니라면 누가 행복해지든 전혀 상관없는데.

사내는 빙긋 웃으며 대답했다.

"저희 T 컴퍼니가 행복해지게 됩니다."

"뭐야?"

"최무정 님과 두석규 씨의 관계를 저희가 어떻게 알고 있을까요? 이상하지 않습니까? 어떻게 그 사정을 다 알고 있을까?"

최무정의 눈동자가 흔들렸다. 그러고 보니, 어떻게?

사내는 여전히 미소를 지으면서, 그러나 비밀 얘기를 하는 양 목소리를 낮추며 말했다.

"사실… 원래 저희 T 컴퍼니는 국가 산하의 비밀 연구 기관이었습니다. 주로 어릴 적 트라우마가 인생에 끼치는 영향에 대해서 연구하지요."

"뭐?"

"전국의 어린이 천 명을 대상으로 연구를 진행했습니다. 아이에게 씻을 수 없는 트라우마를 심어주었을 때, 과연 그 아이는 어떻게 성장할까?"

"뭐라고?"

최무정의 눈동자가 사정없이 흔들렸다.

"놀랍게도, 어릴 적에 생긴 트라우마가 인생에 끼치는 영향은 엄청났습니다. 범죄, 우울증, 자살, 정신장애, 폐인… 수많은 아이들이 망가진 어른이 되었지요. 일반적인 아이들과 비교했을 때 확실히 눈에 띄는 비율로 말입니다."

"뭐…"

"그렇습니다. 저희는 연구 성과를 낸 것이죠. 어릴 적 트라우마가 인생에 끼치는 영향은 어마어마하다."

"이, 이 새끼?"

최무정의 몸이 부들부들 떨렸다.

"그 말은 지금, 내가 그 실험 대상이었다고?"

"예! 그리고 두석규 씨는 당시 저희 회사에서 고용한 직원이었습니다. 그의 역할은, 아이 어머니와 관계하는 장면을 아이에게 보여주는 것이었지요."

"뭐?"

최무정은 망치로 머리를 맞은 듯 멍해졌다. 그러거나 말거나, 사내는 무용담을 늘어놓듯이 떠들었다.

"다른 많은 분들이 있었지만, 두석규 씨는 정말로 탁월했죠! 훤칠한 외모에 말발도 좋고, 여성분들 마음도 잘 얻어내시고! 그분 혼자서 수십 명의 트라우마를 만들었습니다. 정말로 일을 잘하셨는데… 한 가지 아쉬운 점은, 중간에 최무정 씨의 어머니와 진짜로 연애 감정이 생기는 바람에 일을 그만두셨다는 것? 안타까웠습니다."

"…"

최무정이 덜덜 떨리는 목소리로 말했다.

"그러니까… 어릴적 그 일이… 우리 집안이 그렇게 된 게 다… 너희 실험 때문이었다고? 그 일이 다 그렇게 꾸며진… 그렇게 만들어진…"

"예, 정확히 그렇습니다. 저희의 실험을 위해서 최무정 씨 어머니가 불륜을 저지르게 만든 것이죠."

"…"

사내는 얄미울 정도로 깔끔하게 인정했다. 부들부들 떨던 최무정은 일순간, 비명을 지르며 사내에게 달려들었다.

"이 씹새끼야!"

그러나 검은 양복의 덩치들이 순식간에 최무정을 제압했다.

"이, 이 개새끼! 이 개새끼들아!"

발악하며 악을 쓰는 최무정 앞으로 다가온 사내가 얼굴을 바짝 들이밀며 설명했다.

"거기서부터 발전시킨 저희 연구는 쓰일 만한 곳이 참 많았습니다. 독재정치를 위한 사상 교육이라든지, 요주 인물들에 대한 이차적 안전장치라든지… 한데, 정권이 바뀌면서 모두 물거품이 되고 말았습니다. 몇십 년을 바친 연구가 휴지 조각이 되었으니 얼마나 허탈했겠습니까?"

"야, 이 씨발!"

"그래도 저희는 실망하지 않았습니다. 그렇다면 다른 방식으로 살아남자! 그래서 최근… 저희 연구 팀은 정부에 거래를 하나 제안했습니다."
"씨발 새끼! 씨발!"

사내는 열성적으로 이야기했다.

"이 아이들! 인생이 망가진 천 명의 아이들은 어떻게 할 것이냐! 정부의 이름으로 행해진 비인륜적인 행위들이 세상에 드러나면 어떻게 할 것이냐! 우리가 이들을 책임지겠다! 이들을 정상인으로 돌려놓겠다!"
"야, 이 개새끼야!"
"범죄자로 큰 아이들은 다시는 범죄를 저지르지 않게 하겠다! 약물 중독자로 큰 아이들은 약을 끊게 하겠다! 우리에겐 그럴 방법이 있다! 그 방법이 무엇인지는… 잘 아시죠? 최무정 씨."
"이 개자식!"

사내는 순간 웃음기를 거두고 진지하게 말했다.

"제가 왜 이런 말씀을 드리는 것 같습니까? 다 최무정 님을 위해서입니다."
"뭐 이 새끼야?"
"최무정 님이 다시 범죄를 저지르시면 두석규 씨는 물론이고 저희 회사도 행복해질 겁니다. 솔직한 말로, 차라리 범죄를 저질러주셨으면 싶다니까요."

"이… 이…"

"그러니까 그게 싫으시다면, 선량한 시민이 되십시오. 범죄를 저지르지 않으시면 됩니다."

"이 씨발!"

최무정이 마구잡이로 욕하자 사내는 이해할 수 없다는 듯 고개를 갸웃했다.

"왜 그렇게 화를 내십니까? 예전과 달리 저희는 지금 좋은 일을 하고 있는데. 범죄자인 최무정 님을 구제하려고 노력하는 거라고요."

"뭐, 이 씨발!"

"안 그렇습니까? 저희로 인해 최무정 님이 다시 선량한 시민으로 돌아갈 수만 있다면, 그거야말로 얼마나 좋은 일입니까? 교도소에서도 못 하는 교화를 저희가 해내겠단 말입니다. 과거는 잊고, 현재를 생각하세요."

"이 개새끼야!"

사내는 고개를 절레절레 흔들며 물러났다.

"마음대로 하세요. 최무정 님이 범죄를 저지를수록 저희는 행복해질 테니까요. 저도 두석규 씨처럼 해외여행도 다니고 로또도 당첨되고 싶네요! 하하하!"

"으아악! 으아아아악!"

사내가 자리를 떠나자, 덩치들이 최무정을 제압해서 집 밖으로 끌어냈다.

최무정은 참담함에 고개를 떨궜다. 분노, 무력감, 억울함, 슬픔… 풀어낼 방법이 없는 수많은 감정이 최무정의 얼굴에 떠올랐다.

⋮

3년 뒤.

"어이, 최 씨! 술도 얼마 안 마셨는데 무슨 대리를 불러! 그냥 가!"

"미쳤어? 음주 운전도 입건 대상인 거 몰라?"

동료의 말에 최무정은 펄쩍 뛰었다.

"하여간에 법 참 잘 지켜! 세상 사람들이 다 최 씨만 같으면 법이 필요 없을 텐데. 쩝! 먼저 들어간다!"

동료의 말대로, 최무정은 절대로 법을 어기지 않았다. 어쩌다 그가 전과자라는 이야기를 들은 사람들은 말도 안 되는 소리 하지 말라며 헛웃음을 보일 정도였으니까.

그날도 대리운전 기사를 불러 집까지 도착한 최무정은 계단을 올라 집으로 향하다가 그 자리에서 굳어버리고 말았다.

"너… 너는!"

문 앞에 잊을 수 없는 사내가 서 있었다.

"너, 너 이 새끼! 난 아무 범죄도 저지르지 않았다고!"
"알고 있습니다."
"근데 왜!"

눈을 찌푸리는 최무정을 향해, 사내가 물었다.

"어려서 방황할 때 폭력을 자주 휘두르셨죠? 그게 누군가의 트라우마가 되었을 거란 생각은 해보셨나요?"
"뭐?"
"축하드립니다. 이번엔, 행복해지실 차례입니다."
"…"

최무정은 잠시 멍하게 서 있었다. 지금 이 순간, 흔들리는 그의 눈동자에 수많은 생각이 맺혔다.

"당신이 행복해지는 것을 원치 않는 사람이 있다니, 정말로 큰 행운이네요."

최무정은 방금 사내가 한 말의 뉘앙스를, 분별해낼 수가 없었다.

청부업자 아내를 사랑한 남편

"시급이 1억 원인 거 알고 오셨습니까?"

사내의 질문에 청년은 당황했다.

"네? 아, 네…"

설마 그 이야기가 정말인가?

청년은 시급 1억 원짜리 임상 시험자를 모집한다는 이야기를 듣고 이 집을 찾아왔다. 소파를 내준 집주인은 퀭하니 지친 인상의 사내였는데, 다행인지 불행인지 농담 같은 건 전혀 하지 않을 사람처럼 보였다.

"목숨이 위험할 수도 있다는 걸 알고 오셨습니까?"

"…"

청년은 침을 꿀꺽 삼켰다. 저런 얼굴로 저렇게 진지하게 나오면 허투루 생각할 수가 없다. 1억 원은 정말로 목숨값이다.

사내는 무덤덤하게 말했다.

"사실 시험은 5분도 걸리지 않습니다. 1억 원도 바로 지급해드릴 겁니다. 시험은 아주 간단합니다. 초콜릿 하나만 먹어주시면 됩니다."

"네?"

사내가 청년 앞에 초콜릿 상자 하나를 내려놓았다.

"이 초콜릿을 먹어주시면 됩니다. 그럼 1억 원을 드리겠습니다."

"무슨…"

청년은 무슨 말인지 이해할 수 없어 미간을 찌푸렸다. 사내는 상자의 뚜껑을 열며 말했다.

"이 초콜릿에는 독약이 들어 있을지도 모릅니다."

"네?"

뜨악한 청년이 달걀 모양의 초콜릿을 내려다보았다.

그리고 사내는 긴 이야기를 시작했다.

⋮

"제 아내는 살인 청부업자였습니다.

그녀와 결혼하기 직전에야 그 사실을 알게 되었습니다. 너무 늦게 알았죠. 헤어지기에는 아내를 너무나 사랑했거든요. 우리는 울면서 며칠 밤을 지새웠습니다. 과거는 모두 잊고, 평범하게 살자고 밤새도록 맹세했습니다. 그렇게 그녀와의 결혼 생활이 시작되었고, 이후 1년간 제 인생에서 가장 행복한 시간을 보냈습니다. 그동안 그녀의 과거 이야기는 단 한 번도 입 밖으로 꺼내지 않았습니다. 하지만 저는 가끔 어리석은 생각을 하곤 했습니다.

혹시 그녀가 일부러 나에게 접근한 것은 아닐까?

사실 저는 비밀리에 어떤 약을 개량하고 있었습니다. 사람을 고통 없이 죽여주는 약 말입니다. 자살한 친구의 노트에서 우연히 그 약의 제조법을 발견한 저는, 잘하면 그 약이 안락사나 사형 집행용으로 쓰일 수도 있겠다고 생각했습니다. 다만, 한 가지 문제점을 해결해야만 했습니다. 전혀 흔적이 남지 않는다는 문제 말입니다. 부검해도 성분이 검출되지 않아 사인이 단순 심장마비로 처리되는 등 그 약의 위력은 너무나도 위험했습니다. 저는 그 약을 개량하거나, 아니면 그 약을 검출해낼 수 있는 약품을 개발하려고 했습니다.

그때, 운명처럼 그녀를 만나게 되었습니다. 나중에 그녀가 살인 청부업자로 일했다는 사실을 알게 되었을 때 제가 가장 먼저 떠올린 생각이 무엇이었을지 짐작이 가실 겁니다. 저는 애써 그 생각을 부정하며 그녀와 결혼했습니다. 저는 사랑을 믿었습니다.

물론, 그 약에 관한 모든 걸 숨기고 연구도 중지했습니다. 평생 그 약 따위는 잊고 살 생각이었습니다. 약도 그녀의 과거도 다 잊고 그녀와 행복하게 사는 것에만 집중하려고 했습니다.

그런데… 그녀가 화재 사고로 사망하고 말았습니다. 시체조차 온전치 못할 정도로 큰 화재였습니다. 저는 세상이 무너진다는 것이 어떤 느낌인지 알게 되었습니다. 그녀의 유해를 바다에 뿌리며, 그녀를 따라 죽을까도 고민했습니다. 하지만 저는 곧 한 가지 사실을 발견했습니다. 그녀가 죽기 전, 제가 숨겨두었던 그 약을 찾아낸 흔적을 발견한 겁니다.

저는 결혼하면서 마음속 깊은 곳에 묻어두었던 의심을 다시 불러왔습니다. 혹시, 그녀가 그 약을 찾고 나서 모습을 감춘 게 아닐까? 목적을 이뤘으니 내 곁을 떠난 게 아닐까? 왜 그녀는 시체조차 온전히 남기지 않았을까?

의심은 꼬리에 꼬리를 물고, 끝도 없이 커져만 갔습니다. 그리고… 이 초콜릿이 도착했습니다.

밸런타인데이에 맞춰 그녀가 예약해놓은 초콜릿이었습니다. 그녀는 초콜릿 예약 배송 같은 걸 할 사람이 아니었습니다. 업체에 물어보니, 그녀가 두 배 값을 치르며 잘 배송해달라고 신신당부했다더군요.

만약에 말입니다. 살인 청부업자인 그녀가 계획적으로 저에게 접근한 거라면, 원하던 약을 손에 넣어 목적을 이룬 거라면, 그 약에 대해 알고 있는 유일한 사람이 저라면 그녀는 저를 죽여야 하지 않을까요?

저는 이 초콜릿에 그 약이 들어 있을지도 모른다고 생각했습니다. 솔직히 말하면… 이 초콜릿에 약이 들어 있으면 좋겠다고 생각했습니다. 그거야말로 그녀가 살아 있다는 명백한 증거일 테니까요. 그녀가 살아만 있다면, 저는 제 남은 평생을 그녀를 찾으며 살 겁니다.

저는 진심으로, 이 초콜릿에 약이 들어 있기를 바랍니다. 하지만 무색무취에 흔적도 없는 약입니다. 동물에게는 소용이 없습니다. 즉, 사람이 먹어보기 전까지는 독약이 들어 있는지 아닌지 알 수 없습니다.

그래서 이 임상 시험에 1억 원을 내건 겁니다.

당신은 그저, 제가 보는 앞에서 이 초콜릿을 먹기만 하면 됩니다."

⋮

"이 일을 하시겠습니까?"

"…"

청년은 떨리는 눈으로 마른침을 삼켰다. 그 와중에, 사내의 텅 빈 눈빛이 청년의 머릿속에 경고음을 울리고 있었다.

초콜릿 하나를 먹는 것만으로 1억 원. 이보다 더 쉬운 일은 없다. 하지만 독약이라니? 죽을지도 모른다니?

사내는 말없이 청년의 결정을 기다렸고, 청년은 갈등했다. 청년은 죽기 싫었지만, 손쉽게 1억 원을 벌 기회를 놓치기도 싫었다. 그는 사내의 표정을 살피다가 조심스럽게 물었다.

"그러니까 지금 선생님은 제가 이 초콜릿을 먹고 죽기를 바란다는 건가요?"

"솔직히 말하자면 그렇습니다."

"이해할 수가 없네요. 이 초콜릿에 독약이 들어 있다면 아내분이 선생님을 죽이려 했다는 건데, 자신을 죽이려 했던 여자가 살아 있으면 좋겠다는 건가요?"

사내는 눈을 지그시 감았다가 뜨며 말했다.

"화가 날 겁니다. 배신감도 클 겁니다. 어쩌면 소름 끼쳐서 온몸이 떨려올지도 모릅니다. 하지만, 그녀의 손에 제가 죽는 한이 있더라도 그녀가 살아 있으면 좋겠습니다. 단 1분만이라도 그녀를 다시 볼 수만 있다면, 저는 제 모든 것을 걸어도 좋습니다."

"…"

"그녀를 만나, 저를 사랑한 마음은 진심이었는지 묻고 싶습니다. 사실 그녀의 대답은 중요하지 않습니다. 그저 그녀에게 말해주고 싶습니다. 나는 당신을 진심으로 사랑한다고. 그 1분이면 충분합니다."

"…"

청년은 사내의 마음이 진심이라는 것을 느꼈다. 이건 절대 농담이나 쇼가 아니다. 그렇다면 이제 남은 건 청년의 결정뿐이다.

초콜릿을 먹어야 하는가, 말아야 하는가.

"…"

아내의 가짜 죽음과 밸런타인데이에 배달된 독약 초콜릿? 너무 허황한 얘기다. 하지만 만에 하나 진짜라면, 사내가 간절하게 이야기한 그 모든 것이 사실이라면, 자신은 죽는다. 죽음. 누구를 원망할 수도, 의혹 한 점도 남지 않을 죽음.

청년은 초콜릿을 노려보며 5분이나 고민했다. 그러고서 마지막으로 물었다.

"아내분이 살인 청부업자라는 사실은 어떻게 알게 되었습니까?"

사내는 말없이 근처 서랍에서 문서를 꺼내 식탁 위에 올려놓왔다. 시신 사진과 청구 내역이 적힌 명세서였다. 내내 흔들리는 눈빛으로 고민하던 청년은, 끝내 고개를 숙였다.

"죄송합니다. 못 먹겠습니다. 정말 죄송합니다."

사내는 예상했었는지, 가만히 고개를 끄덕였다.

"알겠습니다. 괜찮습니다. 당신 전에도 두 명이 거절했습니다. 쉽지 않은 일이란 걸 알고 있습니다."

"…"

사내는 무덤덤한 얼굴로 청년을 배웅했다. 집을 나선 청년은 복잡한 얼굴로 뒤를 한 번 돌아보았다. 자꾸만 사내에게 눈이 가는 이유가 두려움 때문인지, 안타까움 때문인지 혹은 궁금증 때문인지는 청년도 알 수 없었다.

⋮

사내는 눈앞에서 떨고 있는 중년의 남성을 향해 말했다.

"초콜릿을 드실 겁니까?"

중년의 남성은 숨을 깊게 내쉬며, 양손으로 얼굴을 쓸었다. 그는 시뻘겋게 충혈된 눈으로 초콜릿을 뚫어져라 쳐다보고 있었다. 그가 물었다.

"만약… 내가 죽어도 돈은 가족에게 보내주는 겁니까?"

"그렇습니다."

"어떻게 약속할 수 있습니까?"

"글쎄요. 원한다면 지금 퀵 서비스를 불러놓으셔도 됩니다. 초콜릿을 먹고, 돈이 든 상자를 집으로 보내는 건 어떻습니까? 편지를 쓸 시간도 드리겠습니다. 지금 미리 쓰시겠어요?"

"음…"

남성은 한숨을 내쉬며 고개를 흔들었다.

"당신을 믿겠습니다. 만약 제가 죽거든 1억 원을 꼭 우리 가족에게 전해주십시오."

"알겠습니다. 드실 겁니까?"

"…"

중년의 남성은 초콜릿을 노려보다가 천천히 손을 뻗었다. 사내의 눈이 조금 커졌다. 처음으로 초콜릿을 먹겠다는 사람이 나타난 것이다.

기어이 초콜릿을 집어 든 남성의 손이 벌벌 떨렸다. 몇 분 뒤 겨우 입술을 벌리더니, 결심한 듯 눈을 질끈 감으며 입안으로 초콜릿을 집어넣는 남성.

우둑. 우두둑. 우둑.

적막한 방 안에 초콜릿 씹는 소리만이 선명하게 울려 퍼졌다.
곧 소리는 서서히 줄어들었고, 입도 멈추었다. 떨리는 눈으로 가만히 상황을 살피는 그의 숨소리가 조용히 들려왔다.
이윽고 사내는,

"아!"

장탄식을 하며 눈을 감아버렸다. 고개를 젖힌 사내의 볼을 타고 눈물이 흘러내렸다.
그 모습에 흥분한 중년 남성이 물었다.

"도, 독약은 없는 겁니까? 없는 거지요? 없지요?"
"…"

사내는 천천히 일어나 방문을 열고 나갔다. 다시 방으로 돌아온 그의 손에는 검은 가방이 들려 있었다. 내용물을 확인한 남성은 몇 번이고 허리를 굽혀 감사 인사를 했지만, 사내는 무표정하게 서 있을 뿐이었다. 남성은 혹시 사내의 마음이 바뀔세라 얼른 집을 나섰다.

남겨진 사내의 손에서 초콜릿 상자가 무참하게 구겨졌다.

⋮

"저기, 잠깐만요."

누군가의 부름에, 중년의 남성은 가방을 끌어안으며 과민하게 반응했다. 그를 부른 이는 검은 양복 차림의 낯선 남자였다. 그가 다가와 물었다.

"초콜릿을 먹었습니까?"
"…"

중년 남성이 경계하자, 남자는 안심하라는 듯 명함을 건넸다.

"저는 기자입니다. 아시다시피 지금 암암리에 퍼져 있는 그분의 스토리가 워낙 영화 같아서 말입니다. 그 결과만 알고 싶습니다. 혹시 초콜릿을 먹었습니까? 그렇다면 독이 들지 않았던 겁니까?"

중년의 남성은 남자 옆을 빙 돌아 도망치듯 떠나더니, 멀찍이서 이렇게 외쳤다.

"그냥 초콜릿이었습니다!"
"아."

남겨진 남자는 아쉬워하며 고개를 흔들었다.

"쩝. 혹시 살아 있나 했더니."

남자는 사내의 집을 바라보다, 미련 없이 떠났다.

⋮

사내는 짐 가방을 들고 공항으로 향했다. 한국을 떠나는 길이었고, 이제 다시는 돌아올 생각도 없었다.

비행기에 올라탄 사내는 창밖을 바라보았다. 얼마 지나지 않아, 사내의 옆자리에 한 여인이 앉았다.

"드실래요?"

그녀는 사내에게 초콜릿 상자를 내밀었다.

"그럼요. 감사합니다."

사내는 웃으며 초콜릿을 하나 집어 먹었다. 곧 그녀의 손이 사내의 손등 위에 얹어졌다.

"사랑해, 당신."

"나도 사랑해."

둘은 축배를 들었다. 계획대로, 그녀가 속해 있던 조직에서 무사히 벗어난 것을 축하하며.

축의금을 보낸 이유

"이게 진짜였다고? 그러니까 이게 정말로 진짜였다는 말이지?"

"아니, 그러니까 이 여자를 아냐니까!"

이제 막 신혼여행을 마치고 돌아온 부부, 장진주와 정재준의 얼굴이 심각해졌다. 축의금 봉투 때문이었다.

홍혜화란 이름으로 들어온 축의금 봉투 안에는 1억짜리 수표 한 장이 들어 있었다.

진주는 멍청한 표정으로 수표를 보고 있는 재준의 모습이 답답한 듯, 언성을 높였다.

"이게 진짜고 뭐고, 오빠가 홍혜화란 사람을 아냐니까?"

"어? 어, 어."

그제야 재준은 진주를 돌아보며 고개를 끄덕였다.

"대학교 동창이야. 그런데 그렇게 친한 사이는 아니었는데… 우리 결혼식에서도 얼굴을 못 봤거든?"

"그런데 그 사람이 왜 1억을 주냐니까? 오빠가 언제 목숨이라도 구해줬어?"

"아, 아니? 난 모르겠는데."

재준은 전혀 모르는 듯한 얼굴이었다. 부부는 이 상황이 너무 답답했다. 상식적으로 생각했을 때 이 돈은 쓰지 않는 게 맞겠지만, 혹시 어떤 의미가 있어서 진짜로 1억을 준 것이라면? 횡재가 따로 없었다.

진주는 혹시나 싶어 재준의 기억을 더 끄집어내려 했다. 한데 그보다 먼저 재준의 핸드폰이 울렸다.

전혀 모르는 번호였지만, 가장 알고 싶었던 번호이기도 했다.

[재준이니? 안녕. 나 홍혜화. 결혼 축하해.]

"어? 홍혜화? 혜화라고? 어, 어! 고맙다."

진주와 재준이 동그래진 눈으로 서로를 바라봤다.

[너희 신혼집이 보근 아파트라며? 나 지금 그 근처 지나가는 길이거든. 한번 들렀으면 싶은데, 어때?]

“어? 우리 집에? 지금 오겠다고?”

재준의 말에, 진주가 빠르게 고개를 끄덕였다.

“그, 그래? 그럼 한번 들러. 알겠어. 문자로 보내줄게. 어, 와서 연락해.”

전화를 끊자마자 부부는 흥분을 감추지 못하고 우왕좌왕했다.

“우리 집에 갑자기 왜… 수표 때문일까?”
“그렇겠지! 수표 말고 또 뭐가 있겠어? 무슨 일일까? 오빠, 응?”

부부는 거실 중앙의 탁자 위에 1억짜리 수표를 고이 모셔두고, 집 안을 정리하기 위해 바쁘게 움직였다.

⋮

"와, 집 좋다."

홍혜화는 태연한 얼굴로 부부의 집에 들어섰다. 반면 부부는 긴장할 수밖에 없었다.

부부에게는 참 다행스럽게도, 홍혜화는 커피 한 모금 만에 바로 본론을 꺼냈다.

"수표 말이야."

"어? 어어!"

부부는 커다래진 눈으로 홍혜화를 바라봤다. 그녀가 가방에서 볼펜을 꺼내며 말했다.

"내가 이서를 안 했더라고."

"어?"

부부의 눈이 휘둥그레졌다. 이게 무슨 뜻일까? 정말로 축의금이 1억 원이란 뜻일까?

홍혜화는 눈이 휘어지게 웃었다.

"놀랐겠다. 그거 쓸 수도 없었겠네. 하긴 수표란 게 준 사람이 하기에 따라 종잇조각이 될 수도 있는 거고, 뭐… 그렇지?"

"어? 아, 어…"

"수표는?"

당장이라도 이서할 것처럼 수표를 찾는 홍혜화의 모습에, 진주가 황급히 수표를 꺼내어 건넸다.

"여, 여기요!"
"고마워요."

홍혜화는 테이블 위에 수표를 내려놓고 펜을 쥐었다.
그 모습을 본 부부는 침을 꿀꺽 삼켰다. 정말인 걸까? 정말 축의금으로 1억을 주려는 걸까? 도대체… 왜?

진주가 참지 못하고 물었다.

"저기요! 정말 축의금으로 1억을 주시는 거예요?"
"그럼요. 당연하죠. 장난인 줄 알았어요? 저 돈 많아요."
"아, 예… 근데 왜요?"

정말로 궁금해하는 그녀의 모습에, 홍혜화는 대답 대신 웃으며 재준을 돌아보았다.

"오랜만이네."
"어?"

"졸업하고 오랜만에 본다고. 그동안 동창회에 한 번도 안 나오더니, 이번에는 결혼한다고 나왔더라?"

"어? 아, 그건…"

재준은 당혹감에 할 말을 잃었다.

홍혜화는 신경 쓰지 않는다는 듯, 손끝으로 수표를 두드리며 화제를 바꿨다.

"하긴, 1억 원짜리 축의금이라니. 궁금하긴 하겠다. 내가 왜 축의금을 1억이나 했는지 알아?"

부부는 당연히 궁금하단 얼굴로, 그녀가 얼른 말해주기만을 기다렸다.

홍혜화는 장난스러운 미소로 재준을 보았다.

"대학교 때 너 나 좋아했지?"

"뭐?"

당황한 재준이 진주를 힐끔거렸다.

"아니? 무슨 소리야?"

"거짓말할 필요 없어. 어머, 혹시 그런 거 신경 쓰세요?"

홍혜화가 진주를 보며 묻자, 진주가 고개를 저으며 말했다.

“아뇨. 오래된 일인데요. 전혀요.”
“그것 봐.”

홍혜화가 웃자, 재준의 얼굴에 당혹감이 스쳤다.

“아니, 난…”
“그런데 그때 나는 이미 남자 친구가 있었잖아. 김남우 말이야. 너랑 제일 친했잖아.”
“어? 어, 김남우?”
“아마 그래서 네가 날 좋아하는 걸 숨기고 다녔을 거야. 그런데 난 알고 있었어. 네가 날 좋아한다는 걸. 내가 어떻게 알았는지 알아?”

짓궂게 콧잔등을 찡그린 홍혜화가, 마치 가벼운 이야기라도 하는 듯 말했다.

“우리 술자리에서 네가 내 잔에 약을 탔었잖아.”
“어?”
“네?”

재준의 부릅뜬 눈이 사정없이 흔들렸고, 진주도 깜짝 놀라 소리를 냈다. 홍혜화는 그들의 반응에는 아랑곳하지 않은 채 차분한 목소리로 이어 말했다.

"그날, 애들이랑 다 같이 술자리 가졌던 날, 네가 나랑 같은 방향이라 데려다주기로 했잖아. 그런데 내가 마지막에 맥주 안 마셨던 거 알지? 그 맥주를 마셨으면 어떻게 됐으려나? 무슨 약이었어?"
"무, 무슨 소리야!"

재준은 강하게 부정했지만, 홍혜화는 여유로웠다.

"혜진이가 다 봤대. 내 친구 김혜진 있잖아. 걔가 말해주더라고. 네가 사실 날 좋아하는데, 내 잔에 이상한 약 타는 거 봤으니까 조심하라고."
"말도 안 돼!"
"그래서, 아니라고?"

홍혜화가 굳은 시선으로 물으며, 손에 든 펜을 돌렸다. 수표에 이서하려고 집어 들었던 그 펜을 말이다. 재준의 두 눈이 흔들렸다.

"아니라고?"

다시 한 번 홍혜화가 묻자, 재준은 망설이다가 대답했다.

"비, 비타민이었어! 널 챙겨주고 싶은데, 남우랑 사귀는데 내가 그런 거 챙기는 게 이상하잖아. 그래서 몰래 넣었었어."

"그래? 그랬구나."

홍혜화가 웃었다. 진주는 웃지 못했다. 재준을 향한 그녀의 눈빛에 복잡한 감정이 깃들었다. 마침 홍혜화가 그녀를 보며 물었다.

"재준이 많이 사랑하시죠?"

"네? 아… 예, 그럼요. 많이 사랑하죠."

"좋겠다, 재준이."

또 한 번 눈이 휘어지게 웃은 홍혜화가 자세를 잡고 수표에 이름을 쓰기 시작했다.

한데 다 쓰기도 전에 무언가 생각난 듯 "아!" 소리를 내며 고개를 들었다.

"그리고 그거 기억나? 대학교 때 내 사진 돌아다닌 적 있잖아. 기억나지? 내 가슴 사진."

흠칫하는 재준의 모습을, 진주는 보고 말았다. 홍혜화는 아무렇지도 않은 듯이 재준을 보며 말했다.

"남우 핸드폰에서 나온 사진이라, 당연히 남우가 퍼뜨린 거라는 소문이 돌았잖아. 그 소문, 네가 낸 거였다며? 네가 남우 핸드폰으로 퍼뜨린 거였는데 말이야."

"무슨 소리야!"

"내가 남우랑 헤어졌으면 해서 그랬던 거지?"

"아니야!"

재준의 언성이 높아졌다. 표정이 딱딱하게 굳어버린 진주의 눈치를 보느라 더 그랬다.

진실을 가리는 건 중요하지 않았는지, 홍혜화는 재준의 말을 들으려고 하지 않았다. 그 대신 진주를 돌아보며 이렇게 물을 뿐이었다.

"재준이랑 결혼 잘 했다고 생각하세요?"

다분히 의도가 느껴지는 그 말은 진주의 얼굴을 팍 상하게 했다.

"예. 잘 했는데요."

조금은 적대감이 느껴지는 진주의 말에, 홍혜화는 희미하게 웃으며 고개를 끄덕였다.

"그렇구나."

홍혜화는 바로 재준을 돌아보며 또 입을 열었다.

"참. 재준아, 그건 기억나?"
"그만해! 또 무슨 거짓말을 하려고! 갑자기 찾아와서 왜 이러는 건데, 어?"

재준은 홍혜화의 입을 막으려고 언성을 높였다. 무슨 말을 하든 소리쳐 막을 기세였으나, 홍혜화는 손가락으로 수표를 두드리며 간단하게 방어했다.

"내가 왜 축의금으로 1억을 냈는지 설명하려고. 먼저 이 이야기를 해야 설명할 수 있거든."
"뭐?"

재준이 멈칫한 사이, 홍혜화가 빠르게 말했다.

"기억할 거야. 남우가 아동 포르노 소지 배포로 잡혀갔었잖아."
"아!"

재준의 두 눈이 사정없이 흔들렸다.

"너 무슨!"

"남우 꿈이 경찰이었잖아. 그런데 그것 때문에 꿈도 포기하고, 휴학하고… 그리고 남우 말이야. 죽었어."

"뭐?"

순간, 재준은 뻣뻣하게 굳어버렸다.

"자살이야. 우울증은 참 무서운 병이더라."

"무, 무슨… 어, 아!"

재준은 자신도 모르게 뒤로 물러섰다. 그 모습을 지켜보던 진주의 눈빛도 크게 흔들렸다.

홍혜화는 담담히 재준을 응시했다.

"남우가 소지하고 있던 그 끔찍한 아동 포르노 있잖아. 실제 강간 포르노 말이야. 그거 남우가 받은 거 아니었잖아. 알지?"

"…"

"재준이 네가 남우랑 내 사이 갈라놓으려고 일부러 남우 노트북으로 다운받은 거였잖아."

"아니야! 아니야!"

재준이 발작하듯 반박했지만, 홍혜화는 계속해서 말했다.

"구체적으로 기억나게 해줄까? 구하기 힘든 아동 포르노를 네가 어떻게 구했었는지 기억 안 나? 비트코인 말이야. 그런 영상은 비트코인으로밖에 구할 수 없잖아."

"아."

"네가 남우 노트북으로 비트코인을 결제해서 남우에게 아동 포르노 소지죄를 뒤집어씌운 거. 기억 안 나?"

"아니야! 아니라고! 무슨 개소리야! 미친!"

재준은 당장 폭발할 것처럼 씩씩댔다. 한데, 험악해진 분위기를 한순간에 바꾸는 소리가 들려왔다. 홍혜화가 펜을 움직이는 소리였다.

홍혜화는 수표의 모든 항목에 이서를 끝내고, 볼펜을 탁 내려놓으며 수표를 재준에게 내밀었다.

"자. 결혼 축하해. 축의금 잘 써. 무슨 문제 생기면 연락하고."

"아… 어, 아…"

수표를 받아 든 재준은 당황해서 아무 말도 꺼내지 못했다.

홍혜화는 곧바로 자리에서 일어나며 진주를 돌아보았다.

"이런 남자랑 행복하게 살 수 있을 것 같아요? 저는 아니었으면 좋겠는데."

진주는 뻣뻣하게 굳은 얼굴로 홍혜화를 바라봤지만, 언성을 높이거나 흥분하진 않았다. 그 대신 감정을 눌러 쏘아붙였다.

"그럼요. 전 증거도 없는 그런 헛소리에 흔들릴 사람이 아니거든요. 잘 살아야죠. 1억이나 주신 덕분에 더 잘 살 수 있겠는데요?"

자신을 강렬하게 노려보는 진주를 보며, 홍혜화는 고개를 끄덕였다.

"하긴 그렇죠. 그런데 그건 생각해보세요. 둘한테 아이가 생기면, 그 아이가 중학생쯤 될 때 저는 또 이 증거도 없는 헛소리를 하러 찾아올 거예요. 그때 아이는 무슨 생각을 할까요?"

"헛소리라고 생각하겠죠."

"그럴까요?"

홍혜화는 고개를 갸웃하더니, 돌아서 현관문 쪽으로 향했다. 그러고는 나가기 직전, 다시 재준을 돌아보며 말했다.

"참, 네가 그때 결제했던 비트코인 천 개 있잖아. 그중에

200개만 쓰고 800개는 노트북에 남겨뒀던 거 기억나?"

재준이 몸을 움찔했다.

"그래서 내가 축의금을 1억 한 거야. 이제 궁금증이 풀렸지? 고마워, 재준아."

홍혜화가 싱긋 웃으며 현관문을 열고 나갔다.

재준은 멍청해진 얼굴로 현관문만 바라보았다.

얼굴이 마구잡이로 일그러진 진주는, 문이 닫히자마자 재준을 돌아보며 빽 소리쳤다. 도대체 어떻게 된 거냐고, 제대로 설명하라고 따지려 했다.

한데, 그보다 먼저 재준이 발작하듯 소리쳤다.

"비, 비트코인! 그 비트코인 내가 산 거란 말이야! 내 거라고! 진주야! 우리 뺏어야 해, 그거! 뺏을 수 있겠지? 그렇지?"

"…"

재준을 바라보는 진주의 두 눈이 사정없이 흔들렸다. 그녀의 귓가에 홍혜화의 목소리가 들리는 듯했다.

[이런 남자랑 행복하게 살 수 있을 것 같아요? 저는 아니었으면 좋겠는데.]

0.5초의 궁금증

사람이 죽을 때 그동안의 인생이 주마등처럼 스쳐 지나간다고 했던가? 그 말이 맞았다. 지금 내가 그러니까.

나는 총알이 머리를 관통해서 바닥으로 넘어지며 즉사하는 중이었다. 길어봐야 0.5초나 걸릴까?

한데, 그 0.5초의 시간이 멈춘 듯 느리게 흘렀다. 그리고 눈앞에 내가 살아온 인생이 주마등처럼 펼쳐졌다. 심지어 기억도 안 나는 아기 때부터 말이다.

음…

근데 이거, 시간이 너무 느리게 흐르는 거 아니야?

꽤 시간이 흐른 것 같은데 아직도 유치원생 때라니. 느려도 너무 느리잖아? 원래 이런가? 뭐, 내가 죽어봤어야 알지.

얼마나 느리게 흐르면, 심지어 딴생각을 할 시간이 있는 거지. 주마등처럼 스쳐 가는 기억뿐만 아니라, 지금 눈앞에 보이는 벽지 무늬까지도 확인할 수 있을 정도다.

그러고 보니, 누가 날 죽인 거야?

뇌를 관통한 총알 때문일까, 아니면 눈앞에 펼쳐지는 지난날의 추억 때문일까? 도대체가 아무것도 기억이 나질 않는다. 내가 뭘 하고 있었더라? 오늘 하루는 어땠지? 밥은 뭘 먹었지? 전혀 기억이 나질 않는다. 이 순간이 끝나면 마지막에는 기억이 나려나?

그나마 충격의 순간, 펑퍼짐한 분홍색 트레이닝 바지를 본 기억이 난다. 그 바지가 물방울무늬였던 것도. 얼굴은 모르겠다. 어쨌든 그 바지를 입은 사람이 날 죽였다. 지금 눈앞의 벽지를 보아하니 여긴 우리 집 거실 같은데. 우리 집까지 와서 나한테 총을 쏠 사람이 있었나? 그 정도로 원한을 산 적이 있던가?

궁금하다! 궁금한데, 크게 상관은 없다. 어차피 0.5초 뒤면 죽을 건데, 뭐.

이제 내 눈앞에는, 어린 내가 강아지 빙고의 등에 올라타려고 아등바등하는 모습이 비쳤다. 그러고 보니 빙고를 까맣게 잊고 있었네? 빙고 빙고. 앞집 사는 개 이름 빙고라지요. B I N G O! B I N G O! B I N G O! 빙고는 개 이름.

음… 노래 하나를 다 불러도, 아직도 쓰러지고 있는 중이야? 인생의 마지막 회상은 정말 엄청난 거구나.

눈앞에 빙고가 지나가고, 무더운 여름날에 어린 내가 마당의 고무 대야에 앉아 물을 끼얹고 있는 모습이 보였다. 나는 좋다고 물장구를 치고 있고, 엄마는 바가지로 물을 뿌려주고 있다. 생각해보면 저 때가 가장 행복했던 것 같다. 아무런 걱정도 없이… 응? 뭐지?

어? 어라? 어어… 어…

우리 엄마한테 저 바지가 있었던가?

바가지로 내게 물을 끼얹어주는 엄마의 분홍색 트레이닝 바지가 내 물장난에 젖어가고 있었다. 물방울무늬의 그 바지가.

⋮

이제 내 눈앞에는 중학교 시절이 보이기 시작했지만, 엄마는 아직도 종종 그 바지를 입고 있었다. 아, 이제 생각났다. 그 바지는 엄마가 집에서 편하게 입던 바지였다.

그럼 진짜 엄마가 나를? 왜? 왜 나를 죽였을까?

아니지. 아니야, 그냥 어쩌다 똑같은 바지를 입은 사람이 우리 집까지 쳐들어와서 날 총으로 쐈을… 무슨 말도 안 되는 소리야? 그럴 확률이 어딨어.

궁금하네. 엄마가 왜 날 죽인 걸까? 궁금하다! 정말 궁금한데, 크게 상관은 없다. 어차피 0.5초 뒤면 죽을 건데 알아서 뭐 하겠어. 그냥 내가 죽이고 싶을 만큼 싫었나 보지. 사실, 그럴 만도 하다. 하나뿐인 아들이 요 모양 요 꼴인데, 어느 엄마가 죽이고 싶지 않을까?

주마등처럼 눈앞을 스쳐 가는 지난날을 보니 엄마가 왜 날 죽였는지 알 것 같았다. 중학교 시절부터 몰래 술 담배를 하고, 물건도 훔치고, 사고나 치고 다니고. 고3 때는 꼴에 고3이라고 엄마한테 막말을 하질 않나. 그래놓고는 수능은 개떡같이 봤지? 아빠 없이 평생 엄마 혼자 일해서 힘들게 키워줬는데 그동안 해준 게 뭐가 있냐고 바락바락 대들어서 엄마 가슴에 못 박아가며 재수를 하긴 했는데… 집에서 게임이나 하고 앉아 있고. 엄마가 뭐라고 하면 신경질이나 부리고 말이야. 결국 재수는 실패하고, 재수를 안 했어도 충분히 들어갔을 삼류 대학에 들어가서는 친구들한테 괜한 자격지심이나 느끼고. 그걸 또 집에 와서 엄마한테 풀고. 아! 대학 시절에는 여자 친구를 임신시키고, 결국 엄마한테 말해서 돈 받아 낙태까지 했었잖아?

대학 졸업하고는 쉽게 돈 벌 수 있다는 말에 속아 다단계에 빠져서는 빚만 몇백을 지고 나오고, 엄마가 여기저기서 빌린 돈

덕분에 겨우 신용불량자를 면한 뒤에도 집에서 게임만 해댔지.

백수 주제에 자존심은 있어서 카드 빚을 내 차를 사고, 그러다가 술 처먹고 운전해서 사람 치고… 엄마가 무릎 꿇고 빌어서 합의해놨더니, 이제 무면허 됐다고 아직 할부금도 못 갚은 차를 몰래 팔아 유흥비로 다 날려먹고. 어디 그뿐이게? 무면허로 친구 오토바이를 몰고 나갔다가 넘어져서 사고도 냈네? 그런 주제에 평생 아르바이트 한번 해본 적 없이 엄마한테 빌붙어 살면서, 왜 가난한 집에서 태어나게 했냐고 원망하고, 왜 날 낳았냐고 욕하고.

나 참… 이러니까 엄마가 날 죽였지. 당연하지. 이런 아들은 나라도 죽일 수 밖에 없겠다.

대충 시간이 0.3초쯤 흘렀을까? 벽지를 보고 있는 시야가 꽤 많이 기울었다. 그리고 눈앞에선 여전히 의미 없는 기억들이 흘러가고 있었다.

…근데,

엄마가 날 죽인 게 맞나? 아니지 않을까? 엄마가 총을 어디서 구해? 혹시, 내가 대학 시절에 억지로 낙태시켰던 임여우의 짓은 아닐까?

아니지… 외삼촌이 형사잖아. 엄마가 진짜 독하게 마음먹은 거라면 총도 구할 수 있었겠지. 오히려 엄마니까 더 쉽게 구할 수 있었을 거야. 그래, 엄마가 날 죽인 게 맞아. 더 이상 생각하지 말자. 어차피 죽는데 그게 다 무슨 상관이야.

…근데,

정말로 엄마가 날 죽인 게 맞나? 엄마는 나한테 매 한번 든 적 없는데?

아니지… 매도 애정이 있어야 드는 거지. 나 같은 놈은 진작에 포기했을 거야. 집구석에 처박혀서 게임만 하는데 어디가 예쁘다고 애정이 있겠어? 엄마가 날 죽인 게 맞아. 더는 생각하지 말자. 어차피 죽을 건데 누가 죽였건 무슨 상관이야.

…근데,

진짜로 엄마가 날 죽인 게 맞나? 엄마는 분명 날 사랑한다고 했는데…

아니지… 사랑한다는 말도 어릴 적에나 들었지. 쓰레기로 자라난 아들을 어느 엄마가 사랑하겠어? 평생 빌붙어 있을 걸 생각하면 가슴만 답답하지. 세상에 날 사랑하는 사람은 한 명도 없어! 엄마가 날 죽인 게 맞아. 그래, 진짜로 더는 생각하지 말자. 어차피 죽고 나면 아무런 의미도 없어.

…근데,

진짜로 엄마가 맞나? 확실한가? 정말로 엄마가 날 죽였을까? 혹시 내 마지막 기억이 잘못된 건 아닐까?

엄마가 아니지 않을까? 엄마가 아닌, 다른 사람은 아닐까? 엄마가 왜 날 죽여? 엄마는 나를 싫어하지 않잖아? 세상 사람 모두가 날 싫어해도 엄마는 날 사랑하지 않나? 엄마가 왜 날 죽여? 엄마는 내가 아무리 쓰레기라도 날 사랑하잖아! 내가 아무리 백수에 사고뭉치라도 날 사랑하잖아! 내가 아무리 인생 실패자라도 엄마는 날 사랑하잖아!

그래, 엄마가 아닐 거야! 죽기 전에 확인해보자!

총알이 날아온 방향 쪽으로 고개를 돌려 범인이 누군지 확인하고 싶었지만, 몸은 미동도 하지 않았다. 당연하다. 지금 나는 총알의 충격으로 쓰러지고 있는 0.5초의 시간 속에 있으니까.

그 대신에 난, 온 힘을 다해 눈동자를 옆으로 굴렸다. 한데, 그것조차 잘 안 됐다. 원래 사람의 눈동자가 옆으로 굴러가는 데 시간이 걸리는 건가? 아니면 아직 뇌로 명령이 전달되지 않아서 눈동자가 꿈쩍을 않는 걸까?

내 몸은 점점 바닥과 가까워지고 있었고, 나는 다시 한 번 정말 온 힘을 다해 눈동자를 옆으로 굴렸다. 제발! 제발 죽기 전에 한 번만! 이 순간이 끝나기 전에 한 번만 확인하게 해줘!

됐다! 벽지를 바라보는 시야가 옆으로 조금씩 움직였다. 내 눈동자가 서서히 움직였다.

마치 슬로모션처럼 천천히, 분홍색 트레이닝 바지의 위로, 위로!

아!

거울이다.

나였구나. 맞아, 나였지. 이제야 기억나네.

다행이야! 역시 엄마가 아니었어! 세상 사람 모두가 날 싫어해도, 엄마만은 날 사랑해!

…어라? 그럼 난 왜?

쿵!

마법의 주문을 가진 청년

청년은 마법의 주문을 알고 있었다.

"그냥 확 죽어버릴 거야!"

그 말 한마디면 부모가 돈을 내놓았다. 돈이 없다며 앓는 소리를 하다가도, 청년이 실제 죽는시늉까지 하면 어떻게 해서든 돈을 만들어 오곤 했다. 그때마다 청년은 말했다.

"그러게 처음부터 내놨으면 얼마나 좋아? 맨날 돈이 없기는 뭐가 없어!"

그렇게 받아 간 돈은 모두 도박과 유흥비로 탕진했다. 부모가 어딘가에서 무릎 꿇고 사정사정해 빌려 온 돈을 단 10분 만에 날린 적도 있었다. 그래도 청년은 괜찮았다. 청년에겐 마법의 주문이 있었으니까.

"그냥 확 죽어버릴 거야!"

부모는 차라리 자신이 죽고 싶은 심정이라고 눈물로 하소연도 해봤지만, 청년은 아랑곳하지 않았다. 그는 오히려 자신을 불쌍하게 여겼다. 남들처럼 부잣집에서 태어났어야 했는데 이렇게 가난한 집구석에서 태어난 자신이 너무나 불쌍했다.

"흙수저 알아, 흙수저? 흙수저 주제에 애는 왜 낳아서 나까지 흙수저로 만드냐고!"

그러니 부모가 자신을 책임져주는 건 당연한 일이었다.

"하지만 얘야, 이젠 정말로 돈이 없단다… 정말이야. 더 이상 빌릴 곳도 없어…"

청년은 그 말을 믿지 않았다. 그동안에도 이런 말로 시간을 끌다가 결국 돈을 만들어주곤 했으니까.

"아씨, 진짜! 나 죽어버릴 거라고!"

청년은 베란다 난간 위로 올라가 당장 뛰어내릴 자세를 취했다. 당연히 시늉일 뿐이었고, 언제나 그랬던 것처럼 부모가 돈을 마련해 오겠다며 말려주길 기다리고 있었다. 한데, 아뿔싸!

"앗!"

발이 미끄러지면서 그대로 추락하고 말았다.

"으아아아악!"

청년의 머리가 땅바닥에 부딪혀 박살나기 직전,

"…"

세상의 시간이 정지했다. 그리고 어떤 목소리가 들려왔다.

[보나 마나 즉사네. 얼굴부터 떨어지는 것 좀 봐. 어으, 되게 아프겠다.]

청년이 소리가 나는 쪽으로 고개를 돌려 보니, 양복을 차려입은 사내가 그를 내려다보고 있었다. 빙긋 웃은 사내는 자신을 악마라 소개하며, 청년을 바닥에 안전히 내려주었다. 어안이 벙벙해진 청년이 멈춰버린 세상을 두리번거리자, 사내가 말했다.

[억울한 인생이었죠? 왜 남들처럼 부잣집에서 태어나지 못했을까 싶고.]

"…"

[근데, 그거 아세요? 당신이 부잣집에 입양될 뻔했던 거 말입니다.]

"뭐?"

[20년 전 당신이 태어나던 날, 어느 부잣집에서 당신을 입양하기로 했었습니다. 아시다시피, 저 위의 두 분은 당신을 키울 만한 사정이 안 되었거든요. 한데 마지막 순간, 당신이 방긋 웃는 모습을 보고서 두 분은 결정을 번복했습니다.]

"지금 그게 무슨!"

[시간을 되돌려드리죠.]

사내가 양손을 한쪽씩 들어 보이며 말했다.

[20년 전으로 되돌아가든가, 혹은 몇 초 전으로 되돌아가든가. 선택하시죠.]

"뭐라고?"

[20년 전에 갓난아기였던 당신이 웃음을 짓기 직전, 아니면 몇 초 전 당신이 미끄러지기 직전. 둘 중 한 군데로 시간을 되돌려주겠다 이 말입니다. 제가 시간을 지배한다는 건 지금 멈춰버린 세상만 봐도 알 수 있겠죠?]

청년의 눈동자가 흔들렸다.

"20년 전에 웃지만 않았다면 부잣집 자식이 될 수 있었다는 말이지?"

청년은 곧 표정을 굳히며 외쳤다.

"나를 20년 전으로 되돌려줘!"

[흠…]

사내는 잠시 묘한 표정을 짓다가 물었다.

[후회하지 않으시겠습니까? 만약 그 양부모가 저 두 분처럼 착한 분들이 아니라면요? 지금처럼 당신의 응석을 다 받아주는 분들이 아

니라면 힘들지 않을까요?]

청년은 입술을 비틀었다.

“착한 부모? 개뿔! 돈 많은 부모가 착한 부모야! 나도 돈 많은 부모 밑에서 자랐으면 이 꼴로 살지 않았어! 내 인생을 제대로 시작할 기회야! 그러니까 어서 날 20년 전으로 되돌려줘!”

청년은 당당했다. 그는 자신이 있었다. 어차피 그에겐 어떤 부모라도 다룰 수 있는 마법의 주문이 있었으니까.

사내는 빙긋 웃으며 고개를 끄덕였다.

[현명하시네요. 알겠습니다. 그럼 눈을 감으시길.]

청년은 얼른 눈을 감았다. 그의 정신이 점점 아득해질 때쯤, 사내의 혼잣말이 들려왔다.

[확실히 그쪽이 더 낫긴 하죠.]

⋮

“응애애애!”

아기는 온 힘을 다해 울었다. 자신을 안고 있는 여인을 향해 지긋지긋하다는 듯이, 제발 날 놓아달라는 듯이 온 힘을 다해 울어댔다. 절대, 절대로 웃음 따위는 보이지 않았다.

⋮

다시 인생을 시작한 청년은 완전히 다른 환경에서 양육됐다. 몇백만 원짜리 과외에 값비싼 식단, 전담 의사의 건강 관리와 지속적인 외모 관리까지. 하지만 청년은 여전했다. 달라진 거라고는 불법 토토가 불법 카지노로 바뀌었다는 점, 뒷골목 주점에서 마시던 소맥이 강남 술집의 양주로 바뀌었다는 점뿐이었다.

중학교 시절부터 서서히 본색을 드러낸 청년은 고등학생이 되자 절정에 달한 패악을 보여줬고, 처음으로 부모에게서 거절도 맛보았다.

"그러니까 그 큰돈을 어디다 쓴다는 거냐?"

"아, 진짜! 아빤 몰라도 돼! 내가 그냥 쓸 데가 있다니까!"

청년은 짜증이 솟구쳤다. 그동안 아무 말 없이 돈만 잘 내놓던 양반이 갑자기 왜 이럴까?

"아들한테 쓰는 돈이 아까워? 어?"

부자 아빠는 고개를 흔들었다. 그러나 그의 눈빛은 침착했다.

"돈이라면 얼마든지 줄 수 있지만, 그 사용처가 문제다. 네가 하고 다니는 일에 간섭하지 않으려 했지만, 최근에 들리는 이야기가 너무하더구나. 도박을 할 셈이냐?"

"아! 무슨 소리야, 진짜! 내가 도박을 왜 해? 안 할 테니까 돈이나 좀 줘!"

"아니, 당분간은 용돈 없이 생활하거라."

"아, 왜! 진짜 좀!"

청년은 발광했지만, 아빠의 태도는 단호했다. 몇 번이나 떼를 쓰던 청년은 이제 마법의 주문을 쓸 때가 왔음을 깨달았다.

"이런 부탁도 하나 안 들어주고! 나 그냥 확 죽어버릴 거야!"

청년은 부엌으로 달려가 식칼을 빼 들었다.

사실, 청년은 좀 불안했다. 그의 새아빠는 매우 똑똑하고 침착한 사람이었으니까 말이다. 냉정하게 상황을 꿰뚫어 보고 어디 한번 해볼 테면 해보라는 식으로 나오면 어떡하지? 그럼 청년은 아무것도 할 수 없을 텐데. 하지만 다행이었다.

"자, 잠깐! 그 칼 놓거라! 알았다! 알았으니까 그 칼 내려놓거라!"

부자 아빠는 기겁하며 절절맸고, 청년은 속으로 회심의 미소를 지었다. 역시 부모들은 다 똑같았다. 아무리 배운 게 많고 일가를 이룬 사람일지라도, 자식 앞에선 어쩔 수 없다.

"정말이지? 그럼 돈 줄 거지?"
"그래! 알았으니까 진정하거라. 칼 내려놓고, 어서!"
"약속한 거다!"

그날 청년은 꽤 많은 돈을 받았다. 물론, 도박으로 순식간에 날려버렸지만. 어차피 마법의 주문만 있으면 또 얼마든지 뜯어낼 수 있을 거란 생각에 돈 쓰는 데 거침이 없었다.

한데 그날 밤 고급 주점에서 술에 취해 쓰러졌던 청년은 낯선 방에서 깨어나게 되었다. 몸에 힘이 들어가지 않았고, 눈조차 떠지지 않았다. 그저 의식만 남아 있을 뿐이었다. 그런 그의 귓가에 두 사람의 대화 소리가 들려왔다. 그중 하나는 부자 아빠의 목소리였다.

"갑자기 칼을 들고 설치는데 내가 얼마나 놀랐는지 아나? 죽기라도 했어봐! 17년간 키워온 몸을 써먹지도 못할 뻔했잖은가?"
"아이고, 그런 일이 있으셨군요."
"안 되겠어. 조금 더 키워두려 했더니 보험비 치고는 돈이 너무 많이 드는군! 장기이식용으로 키운 것한테 기둥뿌리 뽑힐 일 있나? 이럴 거면 해외 불법 브로커를 이용하는 편이 더 나았어."

"아유… 그래도 회장님, 회장님에게 딱 맞는 조건의 젊은 장기를 언제라도 꺼내 쓸 수 있다는 점이 얼마나 좋습니까! 게다가 부자간의 장기이식은 절차상 어떠한 문제도 없습니다. 이제 곧 정치계에 입문할 분이신데, 지저분한 여지를 남기시면 안 되죠."

"음… 아무튼, 이만 처리해야겠네."

"그렇다면 그러셔야죠! 그럼 일단은, 우리 회장님이 콩팥이랑 간이 좀 안 좋으니 그걸 먼저 교체하시고…"

청년은 경악했다. 그럼 자신이 부자 아빠의 장기이식용 보험이었단 말인가? 언젠가 잡을 가축을 기르듯이, 그렇게 자신을 길러왔단 말인가?

청년의 눈에서 눈물이 흘렀다. 17년간 아빠라고 불러온 인간이 자신을 고작 장기이식용 가축으로만 생각해왔다니! 아무렇지도 않게 자신을 죽이려 하다니!

겁에 질린 청년의 머릿속에 순간 진짜 부모의 얼굴이 떠올랐다. 청년만 바라보며 살던 그 가난한 부모가 갑자기 너무나도 보고 싶었다. 지금 이 상황에서도 진짜 엄마 아빠는 자식만 구할 수 있다면 무슨 일이든 다 할 텐데, 이젠 부를 수 없다는 사실에 눈물만 흘렸다.

그때,

[어라? 깨어나셨네?]

부자 아빠와 대화 중이던 목소리가 청년의 얼굴 가까이에서 들려왔다. 그제야 눈이 떠진 청년의 시야에 의사복 차림의 남자가 들어왔다.

"너? 너는? 너 이 새끼!"

자신을 20년 전 과거로 보내주었던 바로 그 사내였다. 청년은 그대로 멈춰버린 부자 아빠를 보며, 이 낯선 방의 시간이 또다시 멈춘 것을 깨달았다. 하지만 이번에는 자신도 몸을 움직일 수 없었다.

[여긴 수술 준비실입니다. 당신은 앞으로 한 시간 안에 사실상 사망하실 겁니다.]

"너, 너 이 새끼! 넌 이렇게 될 걸 알고 있었지!"

청년은 핏대를 세우며 발악했지만, 사내는 느긋하게 어깨를 으쓱할 뿐이었다.

[왜 제게 화를 내실까? 저는 선택권을 드리지 않았습니까? 부자

부모를 선택한 건 본인이신데 말입니다.]

"뭐, 이 새끼야?"

[어차피 죽었을 목숨입니다. 이렇게 누군가의 피와 살이 되어 사는 것도 나쁘지 않다고 생각하시죠.]

"이 새끼! 너 이 새끼, 죽여버릴 거야!"

청년은 계속 협박하며 소리 지르다가, 종국에는 애원했다.

"제발 살려주세요! 제발요! 제발 부탁드릴게요, 제발!"

[제가 왜 그래야 합니까? 이해할 수 없는 말을 하시네. 하하하.]

사내의 태평한 말에 청년은 절규했다.

"이런 부잣집 다 필요 없으니까 진짜 우리 엄마 아빠한테 데려다 줘! 날 원래대로 돌려놓으란 말이야!"

그러자,

[아하! 잘못 선택했단 뜻이셨구나!]

사내가 손가락을 탁 튕겼다. 그 순간, 주변의 풍경이 변했다.

낯선 방은 익숙한 바깥으로, 침대에 누워 있던 청년은 바닥에 머리를 부딪히기 직전의 자세로 변해 있었다. 난간에서 떨어진 청년이 사내를 처음 만났던, 바로 그 순간이었다.

"아아?"

[그러니까 사실은 20년 전이 아닌, 몇 초 전으로 돌아가고 싶었단 말씀이시죠?]

"아?"

정신을 못 차리고 있던 청년이 황급히 고개를 끄덕였다.

"마, 맞아! 내가 원래 선택하려던 게 그거였다고!"

사내는 빙긋 웃은 뒤에 이렇게 말했다.

[후회하지 않으실 거죠?]

"후회는 무슨, 이 새끼야! 아, 아니, 선생님! 선생님! 제발요! 제발 부탁드려요!"

사내가 말했다.

[그럼, 눈을 감으시길.]

⋮

"아씨, 진짜! 나 죽어버릴 거라고!"

마법의 주문을 외치며 난간에 올라선 청년은 자신이 그때 그 순간으로 되돌아왔음을 깨달았다. 그리고 곧, 난간에서 미끄러질 거란 사실도.

황급히 상체를 뒤로 젖힌 청년은, 자신의 진짜 부모를 애타게 부르며 손을 뻗었다.

"엄마! 아빠!"

한데,

"!"

청년은 두 눈을 부릅뜬 채 그대로 굳어버렸다.

청년이 난간 위로 올라선 그 순간, 지친 얼굴의 부모는 시선을 내리깔며 청년을 외면했다. 마치, 청년의 마법 주문을 못 들은 것처럼.

"…"

그대로 미끄러진 청년은 점점 멀어지는 베란다를 바라보며 후회했다. 사내의 말이 맞았다. 차라리…

행복 상한제

홍혜화는 기어이 결혼식에 갔다 왔다.

가서 말해줄 생각이었다. 저 웨딩드레스를 입은 년이 내 남자랑 바람피운 년이라고!

그러나 홍혜화는 그러지 못했다. 예식장은 너무나 질서 있었고, 그녀가 끼어들 만한 조그만 틈도 존재하지 않았다. 누군가 자리를 만들어줬다면 나설 수도 있었겠지만, 그녀 혼자 결혼식을 망칠 만한 용기는 없었다.

오히려 들킬까 봐 급히 식장을 빠져나온 그녀는, 힘없이 거리를 걸으며 자책했다. 자신이 너무나 한심하게 느껴졌다. 언제나 그랬다. 학창 시절엔 걸핏하면 무시당하고, 5년을 사귄 남자 친구는 친구에게 뺏기고, 서른 살이 되도록 취직을 못 해서 아르바이트만 전전하고, 스트레스성 폭식으로 살만 찌고.

그녀는 정말 눈물이 날 지경이었다. 못된 것들은 다 행복하게 사는데 왜 자신만 이렇게 불행하게 살아야 한단 말인가. 너무나 억울했다. 홍혜화는 갑자기 술 생각이 간절해졌다. 집에 들어가는 길에 술을 사 가야겠다고 마음먹고 있던 그때,

"그 마음 잘 압니다."
"꺅!"

누군가 홍혜화의 앞으로 전단을 불쑥 내밀었다. 고개를 돌려 보니 양복을 입고 나비넥타이를 맨 사내가 반달 같은 눈웃음을 짓고 있었다. 당황한 홍혜화가 얼떨결에 전단을 받아들자, 사내는 마치 보험 광고의 성우처럼 빠르게 말했다.

"인생이 불공평하다고 느껴지시나요? 당하고만 산 인생이 억울하신가요? 이젠 걱정하지 마세요! 저희가 균형을 맞춰드립니다! 행복 상한제! 관심 있으시면, 방문 부탁드립니다!"
"아, 예…"

홍혜화는 대답을 얼버무리며 사내를 지나쳐 갔다. 근처에 쓰레기통이 있었지만, 차마 전단을 버리지는 못했다. 그녀도 전단 아르바이트를 해본 적이 있으니까. 그때 생각이 나 전단을 한번 쓱 봤더니,

"뭐야? 행복 상한제? 이게 도대체 뭐야?"

의미를 알 수 없는 광고였다. 약도를 보니, 가게는 마침 그녀가 술을 사러 가려던 편의점 2층에 있었다. 행복 상한제라… 호기심이 든 그녀는 전단을 뚫어지게 쳐다보며 걷다가 어느새 자신이 편의점 건물 앞에 이른 걸 깨달았다. 2층으로 향하는 계단을 보며 미간을 좁히던 홍혜화는 자기도 모르게 계단을 올라갔다. 간판도, 어떤 안내 문구도 없는 하얀 문을 조심스럽게 노크했다.

똑똑똑.

"예, 들어오세요."

문을 열고 들어선 홍혜화는 깜짝 놀랐다.

"어? 아까…"

분명 아까 그 사내가 책상 너머에 앉아 있었다. 사내는 손짓으로 책상 앞의 의자를 권했고, 홍혜화가 홀린 듯이 그 자리에 앉았다.

"오실 줄 알았습니다. 환영합니다, 고객님."

“예? 아, 예…”

홍혜화는 무슨 말을 꺼내야 할지 고민하다가, 일단 전단을 책상 위에 내려놓으며 물었다.

“저… 여긴 뭐 하는 곳이에요?”
“간단히 말씀드리면, 고객님의 억울함을 풀어드리는 곳이라 할 수 있죠.”
“아! 그럼 흥신소?”

홍혜화가 미간을 찌푸리자, 사내가 얼른 두 손을 내저었다.

“아니요. 그런 방식이 아니라… 음, 설명해드리자면…”

사내는 손짓을 섞어가며 장황하게 설명했다.

“사람에게는 저마다 행복 점수라는 게 존재합니다. 1점부터 100점까지 점수는 제각각인데, 뭐 100점인 사람은 거의 없겠지요. 아시다시피, 행복이란 상대적인 겁니다. 세상에 홀로 산다면 자신이 정말 행복한지 아닌지도 모르겠지요? 그러니 행복은 관계에서 비롯된다고도 말할 수 있습니다. 상대방과 시너지를 일으켜 더 행복해지는 관계가 있는가 하면, 상대방으로 인해 불행해지는 관계도 있습니다. 저희는 후자인 분들에게 도움을 드리고자 합니다. 억울하게 행복을 빼앗기신 분들! 그분들의 원한을 풀어드리는 거죠!"

"아, 예…"

홍혜화는 솔직히 이게 무슨 말인지 알 수 없었다. 그런 홍혜화의 마음을 읽은 건지, 사내가 서랍에서 망원경을 꺼냈다.

"차라리 이렇게 하는 편이 이해하기 쉽겠네요. 어디 보자, 지금 홍혜화 님의 행복 점수는…"

사내가 바로 앞에서 망원경을 들이대자, 홍혜화는 당황했다. 그러나 사내는 곧 혀를 차며 망원경을 내렸다.

"에구, 16점이십니다. 학창 시절에도 받아본 적 없는 점수지요? 이 정도면 하루하루 사는 게 괴로우실 텐데."

"아…"

"그럼 이쯤에서 말씀드리지요. 그래서 저희가 제공해드리는 서비스가 무엇이냐 하면, 바로 행복 상한제란 겁니다!"

사내는 큰 목소리로 이야기하다가, 돌연 머리를 앞으로 숙이며 낮은 목소리로 말했다.

"그 누구도 고객님보다 행복할 수 없게 만들어드립니다."

"네?"

"행복 상한제, 말 그대로 고객님의 행복 점수가 최고점의 기준이 되는 겁니다. 고객님이 누군가를 지정하시면, 그 사람은 앞으로 고객님보다 행복해질 수 없습니다. 평생 말이지요. 당연한 겁니다. 고객님이 원하신다면 그 누구도 고객님보다 행복해질 수 없습니다. 암요, 그래야 하고 말고요."

"…"

사내의 말 가운데 홍혜와의 머릿속에 콕 박히는 말이 하나 있었다. '그 사람은 앞으로 고객님보다 행복해질 수 없습니다.' 그거야말로 홍혜화가 원하던 것이었다. 한데,

"비용은 한 사람당 300만 원입니다."

"예? 300만 원요?"

홍혜화는 어이없는 금액에 김이 새버렸다. 300만 원이라는 금액에 마음이 확 식어버린 것이다. 순간, 사내가 눈을 빛내며 은근히 속삭였다.

"아직, 신혼여행은 가지 않은 것 같은데 말입니다."

홍혜화의 두 눈이 휘둥그레졌다. 사내는 뭘 알고서 말하는 걸까? 그럼 그걸 어떻게 안 걸까?

그러거나 말거나, 사내는 신나게 떠들어댔다.

"특별히 이번만 후불로 해드리죠. 게다가 효과가 없을 시 100퍼센트 환불! 마감 임박! 지금부터 생각할 시간을 10분 드리겠습니다."

"아…"

사내는 일부러 손목시계를 들여다보며 입으로 초침 소리를 흉내 냈다. 머릿속이 복잡해진 홍혜화. 결국 자기도 모르게 말해 버렸다.

"해, 해봐요, 한번."

사내는 씩 웃었다.

"그럴 줄 알았습니다. 그럼, 행복 상한제를 지정할 대상은?"

홍혜화는 기다렸다는 듯이 한 이름을 입에 올렸다.

"임여우! 오늘 결혼식을 올린 임여우요."

사내는 서랍에서 명함을 하나 꺼내더니, 홍혜화에게 직접 임여우라는 이름을 적게 했다.

"행복 상한 증서입니다. 이 증서가 파괴되지 않는 한, 임여우 씨는 홍혜화 씨보다 행복해질 수 없습니다."

"아…"

홍혜화가 미심쩍다는 듯이 명함을 바라보자, 사내가 손가락을 탁 튕겼고, 다음으로 악수를 청했다.

"훌륭한 거래, 감사합니다."

"…"

홍혜화는 떨떠름하게 그 손을 맞잡았다. 그 순간,

띠리리리링. 띠리리링.

홍혜화의 가방 속 핸드폰이 울렸고, 사내는 웃으며 어깨를 으쓱했다. 홍혜화가 미간을 좁히며 전화를 받았다.

[혜화야! 초대박! 임여우 이혼하나 봐! 아니, 아직 혼인신고를 안 했으니까 파혼인 건가?]

"뭐, 뭐?"

[알고 봤더니 김남우가 무정자증이라네? 아까 결혼식 도중에 누가 들이닥쳐서 터뜨렸는데, 지금 양 집안이 싸움 나고 난리도 아니야! 신혼여행도 취소되고, 완전히 파혼 분위기야!]

"어?"

홍혜화의 몸이 가늘게 떨렸다. 결혼식 날 파혼이라니? 자신이 상상만 했던 그림이 정말 펼쳐지고 있단 말인가? 그녀의 시선이 자기도 모르게 사내에게로 향했다. 사내는 빙긋 웃었다.

"그럼 요금은 일주일 안에 지불해주시는 걸로."
"…"

사내는 웃으며 홍혜화를 배웅했다.
얼떨떨한 표정으로 가게를 나선 홍혜화는, 가게를 돌아보다가 얼른 핸드폰을 꺼내 들었다. SNS에 들어가 사태를 파악하는 그녀의 입꼬리가 움찔움찔 올라갔다.

⋮

홍혜화는 현금을 가지고 사내의 가게를 방문했다. 지난 일주일 사이에 전해진 임여우의 소식은 그야말로 놀라움의 연속이었다.

결혼식에서 한바탕 난리가 난 것은 물론, 결혼식 축의금은 임여우의 어머니가 도박을 하다 진 빚 때문에 빚쟁이들이 죄다 가져갔고, 그 충격에 임여우의 아버지는 몸져누웠다. 또 임여우가 자기 SNS에 비공개로 올려두었던 누드 사진이 유출되었는데, 그 일 때문에 유치원 선생 일도 관둬야 했다.

홍혜화는 임여우를 찾아가 한마디 해주고 싶었다. 이게 내가 느끼는 불행이라고! 이제야 알겠냐고! 내 인생은 그 정도로 불행했다고! 이번에도 상상에서 멈췄지만 말이다.

일주일 동안 돌아가는 상황을 지켜본 홍혜화는 약속대로 300만 원을 가져갈 수밖에 없었다. 사실 그녀는 300만 원을 더 가져갔다.

"여기요. 그리고, 한 명 더 있어요."

"예, 얼마든지요. 누구든 말씀만 하시죠."

사내가 웃으며 돈을 받자, 홍혜화는 이를 바득 갈며 말했다.

"송서선! 제 고등학교 동창 송서선이요!"

송서선! 홍혜화는 지난 동창회에서 자신을 무시하던 송서선을 벌주고 싶었다. 고등학교 때 단짝이었던 송서선은 성공한 CEO가 되어 동창회에 나타났다. 그러나 홍혜화가 반갑게 다가가 인사하자 대놓고 무시하더니, 잘나가는 친구들하고만 어울렸다. 게다가 취업 못 한 홍혜화를 걱정하는 척, 모두의 앞에서 비웃음거리로 만들어 모욕하기도 했다. 홍혜화는 그날만 생각하면 밤에 잠을 못 이룰 정도였다.

사내는 흔쾌히 명함을 건넸고, 손가락을 탁 튕기더니, 빙긋 웃으며 악수를 청했다.

"좋은 거래, 감사합니다."
"예, 고마워요."

홍혜화는 송서선의 이름이 적힌 행복 상한 증서를 소중히 챙겨들고 가게를 나섰다.

⋮

홍혜화는 자신의 손에 들린 행복 상한 증서 두 장을 보며, 미간을 찌푸린 채 갈등하고 있었다. 송서선 때문은 아니었다. 송서선에 대해선 고민할 필요가 없었다. 이미 회사는 파산하고 빚쟁이에게 쫓기는 신세라지 않던가. 지금 그녀의 고민은 300만 원을 한 번 더 쓸까 말까 하는 문제였다. 아르바이트만 전전하던 그녀는 가난했다. 여기서 300만 원을 더 쓴다면 거의 전 재산 탕진이라고 봐도 무방했다. 하지만 불행해지는 꼴을 꼭 보고 싶은 대상이 한 명 더 있었다.

글쎄, 학창 시절에 자기를 도둑년으로 몰았던 공치열이 TV에 나오고 있지 않은가? 자신이 그 일로 얼마나 고통스러워했는데 그 새끼는 배우로 데뷔를 하다니! 왜 저런 쓰레기 같은 놈들만 행복해진단 말인가? 나는 이 모양 이 꼴인데!

생각하면 할수록 속에서 열불이 나 견딜 수 없었던 홍혜화는 끝내 TV를 노려보며 중얼거렸다.

"너도 나처럼 불행해져야 해! 네가 나보다 행복해질 순 없어!"

그녀는 마지막이라는 심정으로 또다시 사내를 방문했다.

"공치열! 그 새끼에게 행복 상한을 걸어줘요!"

거래를 끝내고 가게를 나서려던 홍혜화에게 사내가 말했다.

"우리 가게의 우수 고객이시니 다음번엔 한 명 비용으로 두 명을 해드리겠습니다. 다음에 또 방문해주십시오."
"…"

이번이 마지막이라고 결심했던 홍혜화의 마음은 문을 나서자마자 흔들렸다. 사실, 그녀가 행복 상한을 걸고 싶은 대상은 차고 넘쳤다.

바람피운 남자 친구나, 어릴 때 자기를 버리고 재혼한 엄마 같은 직접적인 원망의 대상도 있었지만, 간접적으로 그녀의 자존감을 떨어뜨리는 사람들도 있었다. 대기업에 취직해서 매번 비교당하게 하는 사촌이나, 자기보다 공부도 못하고 내내 놀다가 부잣집으로 시집가 귀부인처럼 사는 친구, 자기 아버지 회사에 취직시켜주겠다고 말만 해놓고 여태껏 깜깜무소식인 친구…

홍혜화는 솔직히 그들 모두가 자신보다 행복하지 않길 바랐다. 다들 행복하게 잘 사는데 자기 인생만 이리도 불행한 게 너무 불공평하고 억울했다. 하지만 돈이 없었다. 왜 자신은 돈조차 없는가. 이마저도 억울했다.

그러다 문득, 번쩍하고 어떤 생각이 들었다.

"잠깐만… 빚을 낼까? 빚쟁이가 되면 내 인생이 더 불행해질 테고, 그럼 그것들도 훨씬 더 불행하게 만들 수 있잖아?"

그녀는 자기 합리화를 했다. 자신이 불행해질수록 임여우도, 송서선도, 공치열도, 모두 더 압도적으로 불행하게 만들 수 있다고 말이다.

"기회가 왔을 때 이용해야 해… 빚을 내서 불행해지자! 불행해져서 그것들에게 더 큰 불행을 안겨주는 거야!"

그녀는 집 보증금을 빼고, 대부업체에서 대출을 받아 사내를 찾아갔다.

"이번에는 여섯 명이에요."

"여섯 명이나요? 허허. 그렇게나 많이…"

"900만 원에 해주시는 거죠? 약속했으니까!"

"딱 한 번만 해드리겠단 말이었는데… 뭐, 어쩔 수 없군요. 알겠습니다. 그렇게 하죠."

그날 홍혜화는 여섯 장의 행복 상한 증서를 가지고 집으로 돌아갔다. 그녀는 책상 위에 총 아홉 장의 증서를 펼쳐놓고 중얼거렸다.

"어디 너희도 불행한 삶이 어떤 것인지 한번 겪어봐! 그동안 내가 얼마나 불행하게 살아왔는지 겪어보라고!"

홍혜화의 낮은 웃음소리가 멈추질 않았다.

같은 시각, 가게의 사내는 망원경을 들여다보다 빙긋 웃었다.

"90점? 와, 우리 고객님, 지금 정말 행복하신가 보네! 역시, 행복이란 마음먹기 마련인가? 하하."

그녀는 상상이나 할 수 있을까?

지금 그녀 자신이 얼마나 행복한지, 지금 모두의 행복 상한선이 어디에 걸려 있는지 말이다.

성공을 위해 조강지처를 버린 사내

"단도직입적으로 말하지. 데릴사위로 들어와서 내 병원을 이어받게."

병원장의 제안에 최무정의 눈동자가 흔들렸다. 초대형 병원을 물려받는다? 믿을 수 없는, 꿈 같은 일이었다.

"자네는 내 딸이 마음에 안 들지 몰라도, 내 딸은 자네가 아니면 안 된다는군."

"아!"

"나는 자네를 잘 아네. 성공하려는 욕망이 강하고 악착같은 면모도 있지. 내 병원을 물려받으면 잘 이끌 사람이란 걸 알아. 어떤가? 내 제안을 받아들이겠나?"

"…"

최무정에게는 동거녀 임여우가 있었다. 하지만 병원장의 말대로, 그는 욕망이 강한 사람이었다. 그는 고아 출신이었다. 어릴 적부터 각종 상과 장학금을 타면서 자신이 남들보다 우월하다는 사실을 자각했지만, 보통 가정에서 태어나지 못했단 이유만으로 남들보다 불리한 출발선에 서야 한다는 것이 항상 불만이었다. 그래서 그는 간절하게 성공을 바랐다. 편하게 올라온 사람들을 다 제치고 자신이 제일 우위에 서기를, 마음속 깊은 곳에서부터 바랐다.

지금 이 순간에도 병원장의 말에 망설임 없이 고개를 끄덕일 만큼.

"그렇게 하겠습니다."

"그래. 자넨 그럴 줄 알았네. 조만간 날을 잡도록 하지."

최무정은 뒤늦게 임여우를 떠올렸지만, 죄책감 때문은 아니었다. 최무정은 골똘히 고민했다. 어떻게 해야 임여우를 떼어낼 수 있을까.

⋮

최무정은 오늘 새로 발급된 부원장 명패를 뿌듯한 얼굴로 어루만졌다.

지난 1년간 불쾌한 소문들이 나돌았지만, 그는 상관없었다. 주변에서 손가락질을 해도, 성격 더러운 아내의 비위를 맞춰야 해도 다 괜찮았다. 중요한 건, 그가 꿈을 이뤘다는 사실이었다. 깔끔하게 꾸며진 사무실의 의자에 앉아, 부원장 명패를 닦는 것만으로도 그는 행복했다.

그녀가 찾아오기 전까진 말이다.

"오랜만이네, 오빠."

임여우였다. 최무정이 성공을 위해 가차 없이 버렸던 옛 동거녀가 1년 만에 그를 찾아온 것이었다. 게다가 그녀의 품 안에는 아기가 안겨 있었다. 최무정은 자리에서 벌떡 일어나며 말했다.

"너, 너…"
"뭘 그리 놀라? 귀신이라도 본 것처럼."

최무정은 흔들리는 눈으로 갓난아기를 보며 빠르게 생각했다. 저 아기는 뭘까? 나를 협박하기 위해서 남의 애를 데리고 온 걸까? 내 아이일 리는 없을 텐데.

"너… 지금 뭐 하자는 짓이야? 그 아이는 뭐고!"
"응? 애? 오빠 아들이지. 당연하잖아?"
"헛소리하네!"

최무정은 단호하게 소리쳤다. 그도 그럴 것이, 임여우가 임신했던 아이는 유산되지 않았던가? 자신이 심부름센터를 시켜 임여우에게 폭력을 행사했고, 아이가 유산된 걸 두 눈으로 확인까지 했었다.

"내 아이일 리가 없잖아! 무슨 목적이야? 갑자기 찾아와서 무슨 수작을 부리려는 거야?"

최무정은 강하게 나갔다. 어차피 아내도 동거녀 이야기는 대충 알고 있으니, 자신이 가만히 협박당하고 있어야 할 이유가 없었다. 진짜 아이라도 있었으면 몰라.

"수작? 복수라고 불러야 하지 않을까?"

임여우의 서늘한 눈빛에, 최무정은 할 말이 없었다. 그녀의 입장에서는 결코 좋지 않은 끝맺음이었을 테니까. 최무정은 잠깐 인상을 찌푸리다가, 호흡을 가라앉히며 자리에 앉았다. 그러고는 임여우가 맞은편에 앉자마자 툭 쏘아붙였다.

"우리 관계는 이미 다 끝났어. 이제 와서 뭘 할 수 있겠어? 이제 그만 잊고, 너도 새 출발을 해. 너를 위해 하는 말이야."

최무정이 뻔뻔하게 조언하자, 임여우가 입술을 비틀어 비웃었다.

"새 출발? 너 때문에 임신도 못 하는 몸이 되었는데 새 출발을 하라고?"

"…무슨 말인지 모르겠군."

"웃기고 있네. 내가 모를 줄 알고?"

"으음…"

최무정은 서슬 퍼런 임여우의 눈빛을 피해 고개를 돌렸다. 그래도 그는 끝까지 모르는 일이라고 잡아뗐다.

임여우는 됐다는 듯, 피식 웃고서 본론을 꺼냈다.

"어차피 나도 너 같은 쓰레기에게 미련 따위 남아 있지 않아. 단지 이 애의 양육비가 필요할 뿐이지. 한 달에 500씩, 네가 내줘야겠어."

"뭐?"

최무정의 얼굴이 단박에 일그러졌다. 결국, 협박이란 말인가? 그는 차분하게 대처했다.

"그만 가라. 경찰을 부르기 전에."

"자기 아들을 외면할 생각이야?"

"헛소리하지 말라고! 그래, 좋아. 원한다면 옛정을 생각해서 한 300 쥐여주마. 그거 받고 다신 내 앞에 나타나지 마라."

최무정의 말에 임여우는 깔깔 소리 내 웃더니, 안고 있던 아기를 앞으로 내밀었다.

"잘 봐. 너랑 똑같지 않아?"
"무슨!"
"부정할 필요 없어. 확실하게 닮았으니까. 아니, 이건 너야. 너랑 똑같아. 자세히 봐봐."
"너 진짜, 어디까지 가려는 거냐!"

최무정이 버럭 소리 지르자, 아기가 울음을 터뜨렸다. 임여우는 얼른 아기를 품에 안고 달랜 다음 최무정을 노려보았다.

"내 말을 못 알아듣나 본데, 이 아이는 너라고."
"너 진짜!"
"아이를 유산하고, 너에게 버림받고, 나는 자살하려고 했어."
"…"

소리 지르려던 최무정은, 입을 꾹 다물었다. 그녀가 자살하려 했다는 말은 거짓이 아닐 테니까.
임여우는 품 안의 아이를 어르며 담담하게 이야기했다.

"그때 그분을 만났어. 그분이 그러더라고. 아이를 낳을 방법이 있다고."

"뭐?"

"믿지 않았지. 이미 죽어버린 아이를 어떻게 낳을 수 있겠어? 그런데 그분이 그러더라. 생명을 빌려 오면 된다고. 아이 아빠의 생명을 빌려서, 아이를 낳을 수 있다고."

"너 지금 도대체 무슨 소리를 하는 거냐?"

최무정이 미간을 찌푸렸지만, 임여우는 아랑곳하지 않고 이어 말했다.

"아이 아빠의 생명을 빌린다? 내가 뭐라고 대답했을 것 같아? 얼마든지요! 아이를 살릴 수만 있다면 저는 그 새끼를 죽일 수도 있어요!"

"…"

"그분은 알겠다고 했고, 내 배는 다시 불러오기 시작했어. 죽었던 아이가 살아난 거야."

"미친…"

"나는 예정일에 아이를 낳았고, 그분은 말했어. 이 아이는 아빠와 생명을 공유하기 때문에, 다치지 않게 조심해야 한다고."

"뭐?"

최무정이 황당하다는 표정을 지었지만, 임여우는 진지했다.

"내가 그 말을 어떻게 안 믿을 수 있겠어? 죽었던 아이가 살아났는데!"

"…

최무정은 한심하단 얼굴로 임여우를 바라보았다. 얘가 지금 무슨 헛소리를 하는 걸까?

"도대체 지금 뭐 하자는 건진 모르겠는데…"

트드득.

말을 하던 최무정이 깜짝 놀라 그녀를 바라봤다. 어느새 임여우의 손에 커터칼이 들려 있었는데, 곧 아무렇지도 않게 아기의 허벅지를 그어버리는 것이 아닌가.

"으앵!"

아이가 자지러지게 울음을 터뜨렸지만, 임여우는 최무정만 노려보았다.

"미, 미친! 너?"

"1분만 기다려봐."
"뭐?"

1분쯤 지났을 때, 최무정의 고개가 급히 아래로 내려갔다.

"!"

그의 허벅지에서 피가 배어 나오고 있었다.

"이, 이, 이게 무슨?"

경악한 최무정이 입을 떡 벌리자, 임여우가 말했다.

"이제 알겠지? 너와 이 아이가 생명을 공유하고 있다는 거. 그리고 알다시피 나는 너를 증오해. 이대로 돌아가서 이 아이를 죽여버릴 수도 있을 정도로 말이야."
"…"

최무정의 눈동자가 사정없이 흔들렸다. 그녀는 울고 있는 아이를 달랠 생각도 없이, 자리에서 일어났다.

"내가 이 아이를 건강하게 키우려면 양육비가 필요해. 내일까지야. 입금이 안 되면 내일은 아이의 손가락에 문제가 생길지도 몰라."

그녀는 전화번호와 계좌 번호가 적힌 쪽지 하나를 내려놓고 돌아섰다.

"잠깐만!"

당황한 최무정이 어정쩡하게 일어났지만, 그녀는 그대로 방을 나가버렸다.

방 안에 남겨진 최무정은 믿을 수 없다는 얼굴로 허벅지만 가만히 내려다보았다.

⋮

"돈은 부쳤다. 우리 만나서 얘기 좀 하자."

병원 지하 주차장의 어느 차 안. 최무정이 심각한 얼굴로 임여우와 통화 중이었다.

[무슨 얘기? 나는 할 얘기 다 했어.]

"아니, 일단…"

[나 지금 애 돌보느라 바빠. 내가 이 아이를 잘 보살펴야 한다고 생각하지 않아?]

"그러니까, 그 아이에 대해서 대화를 좀 하자고."

[필요 없어. 내 아들이야. 너는 그냥 양육비만 부쳐주면 돼. 부원장님에겐 무리한 요구도 아니잖아? 그것도 네 생각 해서 일부러 500만 부른 거야. 평생 줘야 하니까 부담되지 않도록.]

"이!"

[끊을게. 내가 먼저 연락하기 전엔 연락하지 마. 네 짜증 나는 목소리를 듣고서, 홧김에 무슨 짓을 저지를지 모르니까.]

"아니, 그…"

전화가 뚝 끊어지자 최무정은 핸드폰을 옆자리에 내팽개쳤다. 그의 얼굴이 일그러졌다. 평생이라는 단어가 자꾸만 머릿속을 맴돌았다. 평생 족쇄처럼 따라다닌단 말인가? 지금이야 한 달에 500만 원이지만 이 금액이 언제, 어떻게 늘어날지는 아무도 모른다. 게다가, 정말 임여우가 술이라도 먹고 홧김에 아이에게 해코지를 한다면? 지금도 허벅지의 상처가 욱신거리는데… 그 생각만 하면 불안해서 잠도 잘 수 없었다.

최무정은 입술을 물어뜯으며 생각했다. 어떻게 해야 할까? 방법이 없을까? 정말 이렇게 평생 휘둘리며 살아야 하나? 이러려고 지난 1년간 그렇게 노력했나?

"…"

문득, 최무정의 눈이 서늘하게 빛났다.

⋮

[애 이름은 뭐야? 적어도 이름은 알아야지.]

[내 아들 사진이라도 좀 보내줘. 내 아들인데 그 정도는 해줘도 되잖아.]

[아무거나 먹이지 말고 비싼 거 먹여. 이번 달에는 돈도 더 보냈으니까 옷도 잘 입히고.]

[영어 유치원 같은 데 한번 알아봐. 조기교육이 중요한 거 알지?]

최무정은 최선을 다해 부성애를 가장했다. 역시, 최무정의 예상은 맞아떨어졌다. 얼마 안 가 임여우는 종종 아기의 사진을 보내주거나, 물어보면 간단한 근황 정도는 알려주기 시작했다. 시간이 지날수록 그녀의 적의는 약해졌고, 습관처럼 말하던 아이를 해코지한다는 협박도 쏙 들어갔다. 며칠 전에는 갑자기 팔뚝에 화상 상처가 생겨 깜짝 놀랐는데, 임여우가 실수였다며 미안하단 문자를 보내오기도 했다. 그때도 최무정은 이런 문자메시지를 보냈다.

[나는 괜찮아. 아이는? 아이는 괜찮아?]

물론, 입으로는 쌍욕을 했지만.

어쨌든 이 정도만으로도 사실상 임여우가 아이에게 일부러 해코지할 일은 없어졌다. 하지만 그의 최종 목표는 이게 아니었다. 그는 평생 그렇게 살 생각이 없었다. 일단 임여우의 경계심을 충분히 무너뜨린 다음, 또 다른 계획을 실행할 작정이었다. 한데, 문제가 생겼다.

"자네가 개인적으로 쓰는 돈에 대해 뭐라고 할 생각은 없었는데 말이야… 좋지 않은 소문이 돌더군?"

"…"

장인에게 불려간 최무정의 얼굴이 처참하게 일그러졌다. 병원장 딸과의 결혼으로 부원장이 된 그가 옛 여자에게 돈을 퍼 주고 있다는 소문은 사람들 입에 오르내리기 좋은 가십거리였다.

"나는 자네를 잘 알아. 옛사랑에 대한 미련? 설마! 자넨 성공을 눈앞에 두고 그따위에 한눈팔 인간이 아니야. 최소한 내가 죽기 전에는 말이지."

"…"

"어떻게 된 일인지 솔직하게 설명해주겠나?"

최무정은 입술을 깨물며 갈등했다. 어디까지 말해야 한단 말인가? 말하더라도 믿을 수나 있는 얘기란 말인가? 하지만 달리 방법이 없었다. 이미 고정적으로 나가고 있는 지출 내역을 들켰고, 소문도 돌 만큼 돌았다. 지금 말하지 않는다 해도 병원장은 모든 걸 알아볼 능력이 있었고, 그럼 자신은 숨겨둔 자식을 위해 돈을 빼돌린 인간이 된다. 그건 아니었다. 돈을 빼돌린 인간보다는 돈을 뜯기는 인간이 되는 게 나았다.

"믿으실지 모르겠지만… 솔직히 말씀드리겠습니다."

최무정은 그간의 사정을 모두 설명했고, 역시나 병원장은 황당하다는 반응을 보였다.

"지금 나보고 그 말을 믿으라는 건가?"

"저도 압니다. 믿을 수 없는 이야기라는 걸… 하지만 믿어주십시오! 저는 협박을 당해서 어쩔 수 없이 그랬던 겁니다. 그 여자와 아이에게 미련 따위는 추호도 없습니다! 아니, 세상에서 사라져줬음 좋겠습니다!"

"…"

병원장은 눈살을 찌푸렸지만, 최무정의 얼굴이 워낙 절절했다.

"좋네. 그 말을 믿는다 치지. 그럼 어쩌겠단 말인가? 앞으로도 자네는 영원히 노예처럼 살 수밖에 없지 않은가? 그런 자네를 내가 후계자로 삼아야 할 이유가 있나?"

"저는 따님을 사랑합니다!"

"사랑은 하등의 가치도 없어. 그럼, 이제 내가 자네를 버리더라도 할 말은 없는 게로군?"

최무정은 다급해졌다. 병원장은 말을 허투루 하는 사람이 아니었다.

"해결할 겁니다! 이미 계획도 다 세워뒀습니다!"

"어떻게?"

"그건… 말씀드릴 순 없지만… 어쨌든 확실히 해결하겠습니다!"

병원장이 손을 내저으며 말했다.

"점점 믿을 수 없는 얘기만 하는군. 내가 아는 자네의 모습이 아닌데… 나가보게. 내가 알아서 할 테니."

"아…"

어쩔 수 없이 방을 나서는 최무정. 그의 주먹 쥔 손이 부들부들 떨렸다.

"임여우!"

자신의 창창하던 앞날이 고작 그런 여자, 그런 아이 때문에 망가진다면… 생각만 해도 그 모자를 용서할 수 없었다. 그는 계획을 앞당기기로 결심하고, 주머니에서 핸드폰을 꺼냈다.

"여우야… 내 아들이 너무 보고 싶다… 한 번만 만나주면 안 되겠니?"

⋮

최무정이 인적 드문 둔치에 차를 세운 뒤, 옆자리의 임여우에게 말했다.

"이해하지? 공개적으로 만날 수 없는 입장인 거…"
"…"

임여우는 딱히 대답하지 않았다. 그녀의 표정에서 벽이 느껴졌다. 최무정은 억지로 웃으며 말했다.

"내 아들 좀… 안아봐도 될까?"

"…"

아기를 바라보는 최무정의 시선이 간절했다. 잠깐 미간을 좁히던 임여우는, 말없이 아이를 내밀었다.

조심스럽게 아이를 안아 든 최무정이 복잡한 얼굴로 아이를 내려다보았다.

"정말 나랑 똑같구나… 내 분신이 맞구나…"

최무정은 환하게 웃으며 아이를 어루만졌고, 임여우는 그 모습을 힐끔거렸다. 그렇게 몇 분을 아이와 놀아주던 최무정은, 곧 한 손을 가방으로 뻗었다.

"아들! 아빠가 우리 아들 주려고 선물 가져왔어!"

가방을 뒤적거리며 무언가를 찾던 최무정이 한순간, 번개처럼 빠르게 움직였다.

"컥!"

가방에서 빠져나온 최무정의 손이 임여우의 목덜미에 무언가를 꽂았다. 주사기였다.

"너, 너!"

임여우가 부릅뜬 눈으로 목에 꽂힌 주사기를 빼자, 최무정이 얼른 그녀의 양 손목을 제압하며 차갑게 말했다.

"신경독이다. 고통은 길지 않을 거야. 내가 언제까지고 너에게 발목 잡혀 살 순 없잖아?"

"이 새끼가…"

임여우의 두 눈이 새빨갛게 충혈되어갔다. 그게 주사기의 독 때문인지, 아니면 두 번이나 당한 배신 때문인지는 최무정도 알 수 없었다.

"걱정하지 마. 아이는 내가 잘 키울게. 누구보다도 온 힘을 다해서 소중하게 키울 거야. 그 이유는 네가 더 잘 알겠지?"

"너… 너!"

피눈물을 흘리며 부들부들 떨던 임여우의 몸이 끝내 힘을 잃고 고꾸라졌다.

최무정은 그제야 붙잡고 있던 임여우의 팔을 놓고는 한숨을 내쉬었다.

"다 네가 자초한 일이다, 여우야."

최무정은 잠깐이나마 조금 씁쓸한 표정을 지었다. 한데,

"이 개새끼야!"

벌떡 일어난 임여우가 손을 번쩍 들어 올렸다.

"응애!"

정확히 아기의 몸에 내려 꽂히는 주삿바늘!

"안 돼!"

경악한 최무정이 임여우를 밀쳐냈지만, 이미 한발 늦고 말았다.

"안 돼! 안 돼! 안 돼! 안 돼!"

최무정이 급히 아이를 안아 올려봤으나, 부들부들 떨던 아이는 머지않아 어미의 뒤를 따랐다.

"으아아아악!"

최무정은 눈을 감고 비명을 질렀다. 한데,

"…"

1분이 지나도록 그는 살아 있었다. 아이는 죽었지만, 그는 멀쩡했다.

"이게…"

믿을 수 없다는 얼굴로 자신의 몸을 더듬거리던 최무정은, 아이의 생사를 다시 한 번 확인해본 뒤 서서히 입꼬리를 씰룩거렸다.

"안 죽잖아… 안 죽어! 안 죽는다고! 죽음까지는 공유하지 않는 거였어! 으하하하!"

최무정은 평생의 걱정거리가 쏙 사라지는 기분이었다. 그는 환희에 차 미친 듯이 웃었다.
아이 엄마와 아이의 주검을 곁에 두고서.

⋮

최무정은 곧바로 병원장의 저택을 방문했다. 한시라도 빨리 병원장의 마음을 돌려놓아야 했다.

"제가 다 해결했습니다! 이제 그런 일은 두 번 다시 일어나지 않을 겁니다. 저를 24시간 감시하셔도 좋습니다. 한 번만 더 저를 믿고 기회를 주십시오, 장인어른!"

무릎 꿇고 비는 최무정을 바라보며, 병원장이 물었다.

"난 자네를 믿을 수 없네. 어떻게 해결했다는 말인가?"
"그건…"

망설이던 최무정은 주변을 둘러보며 입을 열었다.

"여기서 말씀드리기 곤란한 내용인데…"
"괜찮네. 지금 집에는 아무도 없네."
"…"

최무정은 크게 갈등했지만, 결국 솔직하게 털어놓기로 결심했다. 어차피 자신의 욕망을 알고서도 사위로 받아들인 사람이 아닌가? 그간 곁에서 지켜본 바로도, 병원장은 냉혈한 구석이 있었다. 수단과 방법보다는 결과가 더 중요한 그런 사람이었다. 게다가 지금, 자신은 믿음을 잃은 상태였다. 무슨 말을 해도 믿을 수 없겠지만, 그래도 사람을 죽였다는 이야기라면 믿을 수

밖에 없을 것이다. 어느 누가 살인을 했다고 거짓으로 변명하겠는가?

"실은… 제 손으로 그들을 죽여버렸습니다."

"…"

병원장의 얼굴이 딱딱하게 굳자, 최무정은 아차 싶었다. 이 정도까지 허용하는 사람은 아니었던 건가. 내가 병원장을 잘못 보았던 건가.

"그게 정말인가?"

"예, 예…"

"…"

최무정은 병원장의 눈치를 살피며 기도했다. 통과냐, 실패냐? 통과냐, 실패냐?

"정말로 죽였단 말이지?"

최무정은 병원장의 말투에서 책망이 묻어나지 않는 걸 알아챘다. 그는 다급히 말했다.

"예! 증명할 수 있습니다! 사실은, 아직 시체도 처리하기 전입니다."

"음."

볼을 긁적이며 생각에 잠기는 병원장을 보면서, 최무정은 안도했다. 사람을 죽였다는데도 태연하구나! 내가 생각했던 사람이 맞았구나!

오히려 잘된 건지도 몰랐다. 병원장이 시체 처리를 도와준다면 더 완벽하지 않겠는가?

한데,

"억울하군."

"네?"

억울하다? 억울하다니? 최무정은 마음 한편이 불안해졌다. 무슨 말일까? 죽은 사람들이 억울하게 됐다는 말일까? 실패인가? 끝인가?

"죽여도 괜찮다는 걸 진작에 알았다면, 이런 고생은 하지 않는 건데."

"네?"

무슨 말인지 알 수 없어 멍하게 있는데, 병원장이 서랍을 열어 권총을 꺼냈다.

탕!

머리가 꿰뚫린 최무정의 몸이 뒤로 넘어갔다.

"뭐 하러 이런 걸 여태 보살폈는지 원…"

의식이 사라져가는 최무정의 눈에 병원장의 팔뚝이 보였다. 자신과 똑같은 위치에 화상 자국이 나 있는 그 팔뚝이.

살인 다단계

사내는 꼭 사람을 죽여보고 싶었다.

그는 꽤 괜찮은 인생을 살았다. 좋은 집안에서 태어나 좋은 교육을 받았고, 좋은 직업을 얻었다. 마음이 맞는 오랜 친구들도 있었고, 불타는 연애도 해봤다. 여행도 자주 다녔고, 취미 생활도 적잖이 즐겼다. 해보고 싶은 건 웬만큼 다 해봤지만 단 하나, 사람을 죽여보진 못했다.

그는 나쁜 사람이 아니었다. 정신적으로 문제가 있는 것도 아니었고, 누굴 죽이고 싶을 만큼 원한이 있지도 않았다. 하지만 죽기 전에 꼭 한 번 사람을 죽여보고 싶었다. 실제로 사람을 죽일 때 어떤 느낌이 들지 궁금했다. 사람을 죽인 뒤에는 세상이 어떻게 보일지도 궁금했다. 그는 나쁜 사람이 아니었기 때문에, 그동안은 상상만 했다. 한데, 우연히 묘한 소문을 듣게 되었다.

살인 다단계란 게 존재한다는 이야기 말이다. 자세한 건 알 수 없었지만, 그곳에 가입하면 살인을 할 수 있다는 이야기가 들려왔다. 어쩌면 꿈을 이룰 수 있는 절호의 기회일지도 몰랐다. 사내는 여기저기 수소문한 끝에 어느 시장의 정육점을 찾아갔다.

"곧 죽을 사람한테 고기나 한번 푸짐하게 먹이고 싶습니다."

사내가 암구호를 말하자, 정육점 주인이 이상야릇한 미소를 지으며 주소 하나를 적어주었다. 그 비밀스러운 행동 자체만으로도 사내는 가슴이 두근거렸다. 영화에서나 보던 상황 속에 들어온 기분이었다.

사내는 쪽지에 적힌 대로 용산의 어느 오피스텔을 찾아갔다. 벨을 누르자마자 문이 열리더니 가면을 쓴 남자가 나왔다. 그는 말없이 사내를 훑어보았다. 사내는 어쩐지 기가 죽는 느낌이었다. 사내는 쪽지를 들어 보이며 말했다.

"저 주소를 받고 왔는데… 그…"

가면은 사내의 말을 끊으며 물었다.

"지금 결정해야 합니다. 가입하시겠습니까?"
"네? 아… 그, 저… 구체적으로 어떤 곳인지를 좀…"
"아뇨."

가면이 고개를 흔들며 단호하게 말했다.

“가입하지 않으면 아무것도 알려드릴 수 없습니다. 또한, 한 번 가입하면 절대 탈퇴할 수 없습니다.”

“아…”

사내는 잠깐 갈등했지만, 어차피 가입할 목적으로 찾아온 곳이었다.

“그럼… 가입하겠습니다.”

“환영합니다. 들어오시죠.”

사내의 말이 끝나자마자, 남자는 가면을 벗고 문을 활짝 열어 주었다. 생각보다 나이가 꽤 많은 중년 남자였다. 그를 따라 들어간 원룸에는 접이식 의자 두 개만 덜렁 놓여 있었다. 사내가 의자에 앉자, 남자도 맞은편 의자에 앉아 설명을 시작했다.

“저희 살인 다단계는 총 세 등급으로 이루어져 있습니다. 브론즈, 실버, 골드. 막 가입하신 회원님은 브론즈 등급으로 활동하게 됩니다.”

“네.”

남자는 품에서 구릿빛 카드를 한 장 꺼내어 건넸다.

"회원증입니다."
"아."

구석에 음각으로 작은 m 자 하나만 새긴 단순하면서도 고급스러운 느낌의 카드였다. 남자는 자부심 어린 얼굴로 설명했다.

"제법 쓸 만할 겁니다. 저희 살인 다단계의 회원들은 사회 각지에서 활발하게 활동하고 있는데, 그중에는 요직을 차지하고 있는 사람들도 꽤 많습니다. 경찰, 병원장, 연예인, 방송국 PD, 국장, 검사, 장군, 국회의원… 그리고 전직 대통령이었던 분까지 말입니다."
"대, 대통령?"

뜻밖의 규모에 사내의 눈이 커졌다. 세상에 이런 거대한 비밀조직이 존재하고 있었다고?
사내의 반응이 만족스러웠는지, 남자가 자신의 금빛 회원증을 꺼내 자랑하듯 보여주었다.

"사회생활을 하다가 곤란한 일이 생겼을 때 카드를 은근히 노출해보십시오. 제 경우를 말씀드리자면, 사고를 치고 간 경찰서에서 회원의 도움으로 훈방 조치만 받은 적이 있습니다. 방이 꽉

찼던 휴가지 호텔에서도 따로 빈방을 구할 수 있었고요. 고급 레스토랑에서 할인받는 것쯤은 예삿일이고, 제 아들의 결혼식에는 월드 스타 김남우가 와서 축가를 불렀습니다."

"월드 스타 김남우요? 와…"

사내의 순수한 감탄에, 남자는 빙긋 웃었다.

"누가 시키지 않아도 저희 회원들끼리는 깊은 유대감을 느끼기 때문에 이렇게 서로 돕고 지내는 겁니다. 세상에는 두 종류의 사람이 있습니다. 사람을 죽여본 사람과 죽여보지 못한 사람."

"…"

"사람을 죽여본 사람은 세상을 보는 눈이 달라집니다. 인간의 삶이란 게 얼마나 하찮은지… 회원님들 대부분 사고관이 바뀌고, 새로운 삶을 영위하게 됩니다. 사회 여러 요직에 오른 회원님들이 바로 그 증거라고 할 수 있죠. 평범한 사람과 눈을 뜬 사람의 차이. 아마 활동하다 보면 회원님도 알게 되실 겁니다."

"아…"

놀라운 이야기였지만, 한편으론 마음이 불안해졌다. 다단계에서 흔히 쓰는 수법처럼 감탄스러운 내용만 줄줄 이어졌기 때문이다. 사내는 조심스럽게 물어볼 수밖에 없었다.

"저기 그럼, 회비는 얼마나 내야 합니까?"

"안 내셔도 됩니다."

"네?"

남자가 설명했다.

"저희 살인 다단계는 회원님들께 돈을 요구하지 않습니다. 저희 조직이 물건을 파는 데는 아니지 않습니까? 요직에 있는 분들이 가끔 자발적 기부를 해주시기는 하지만, 기본적으로는 활동을 하는 데 어떠한 비용도 들지 않습니다. 사실 저도 돈 한 푼 내본 적 없습니다."

"아아! 그렇습니까?"

사내의 얼굴이 밝아졌다. 그 모습을 본 남자가 푸근하게 웃었다.

"아시겠지만, 저희 살인 다단계 회원들은 절대로 나쁜 사람들이 아닙니다."

"네?"

살인을 하는데 나쁘지 않다? 고개를 갸웃하게 하는 말이었지만, 합당한 이유가 있는 말이기도 했다.

"등급마다 살인의 기회가 다르게 주어집니다. 쉽게 이야기하자면, 브론즈 등급은 사형수를 죽일 수 있습니다."

"아! 사형수."

"요직에 있는 회원분들이 감사하게도 기회를 주시는 겁니다. 그곳에서 브론즈 회원님들은 사형 집행 버튼을 누르게 되는데, 한번 상상해보시겠습니까?"

남자는 마치 꿈을 꾸는 듯 말했다.

"유리문 너머로 겁에 질린 사람이 있습니다. 혹은 이미 해탈한 듯 보이는 사람일 수도 있지요. 어쨌든 마음속 깊은 곳에는 공포가 자리 잡고 있을 겁니다. 저는 이 손가락 하나로 그를 죽일 수 있습니다. 눈앞에 살아 있던 사람이 제가 누른 버튼 때문에 목이 매달려 버둥거리다 생명을 잃게 되는 것이죠."

"…"

"아십니까? 원래 교수형을 집행할 때에는 버튼을 세 개 준비합니다. 그 버튼을 세 사람이 동시에 누르지요. 세 개의 버튼 중에 진짜는 하나뿐인데, 셋 중 누가 사형수를 죽였는지 알 수 없게 하려고 이런 절차를 거치는 겁니다. 하지만 저희는 다릅니다. 혼자서 세 개의 버튼을 다 누르죠. 처음 버튼을 누를 때 그 떨림이 짐작되십니까? 정말 손이 부들부들 떨리는데, 이러다 버튼이 제대로 눌리지 않으면 어떡하나 걱정될 정도입니다. 그렇게 누른 버튼이 가짜면, 저도 모르게 안도의 한숨이 나오지요. 놀랍지 않습니까? 분명 상대를 죽이기 위해 버튼을 눌렀는데도 그가 죽지 않았음에 안도하게 된다는 사실이 말입니다. 뭐, 다음이든 그 다음이든, 결국 버튼을 눌러 그를 죽이겠지만요. 해보면 아시겠지만… 정말 신비롭고 놀라운 경험입니다, 살인은."

사내는 남자의 생생한 경험담을 들으며 마른침을 삼켰다. 자신도 얼른 경험해보고 싶었다. 한데,

"그러나 안타깝게도… 현재 브론즈 등급의 살인은 어렵습니다."

"네?"

"아시다시피, 사실상 우리나라의 사형제도는 폐지된 것과 다름없기 때문입니다. 마지막 사형이 1997년에 이루어졌던 것은 아시죠? 그래서 그 이후 가입한 브론즈 등급 분들은 아직 살인을 해본 적이 없으십니다."

"네? 아니, 그게 무슨…"

사내는 크게 실망했다. 이렇게 장황한 설명 끝에 하는 말이, 이제 살인을 할 수 없단 얘기라니. 허탈했다.

"아니, 그럼 그동안 사형이 집행된 적도 없는데 왜 아직도 이 살인 다단계가 유지되고 있는 겁니까?"

"실버 등급이 있으니까요."

"아! 실버!"

사내의 눈이 다시 반짝였다. 남자는 고개를 끄덕이며 설명했다.

"실버 등급은 자살하려는 사람을 죽일 수 있습니다."

"자살하려는 사람요?"

"예. 실제 자살 직전인 사람을 섭외해서 저희가 대신 죽여드리는 겁니다. 어차피 죽을 사람을 죽이는 것이니, 저희는 절대 나쁜 짓을 하는 게 아니지 않습니까?"

"아, 음…"

"물론, 그분들에게 소정의 보상을 해드립니다. 가족이 없다면 장례를 책임져드리기도 하고, 지인에게 돈을 남기고 싶다면 저희가 얼마쯤 만들어 드리기도 합니다. 마지막으로 하고 싶었던 일이 있으면 이뤄드리기도 하고, 여행을 보내드리기도 하지요. 여한이 없게 해드리는 대신, 그 죽음의 순간을 저희에게 맡겨달라고 제안하는 겁니다."

"아…"

사내가 조금 납득하는 듯한 표정을 지었다. 그러자 남자가 목소리를 낮추며 음흉하게 말했다.

"실버 등급은 손맛이 다릅니다."

"손맛이요?"

"브론즈야 그냥 버튼을 누르는 식이었지만… 실버 등급은 좀 더 직접적인 살인을 할 수 있습니다. 직접 밧줄을 감아 당길 수도, 절벽에서 밀어볼 수도, 총으로 쏠 수도 있습니다. 특이하게는 칼이나 도끼, 그리고 조금 거부감이 드는 얘기겠지만… 전기톱을 애용하는 회원님도 계십니다."

"헉…"

"물론, 그분들의 동의를 얻었을 경우에만 가능합니다. 큰 도움을 받은 분들은 거의 허락하시기는 하는데… 아닐 경우에는 그냥 최대한 편안하게 죽여드리죠. 그 경우에도 브론즈와는 감히 비교도 안 될 손맛을 느낄 수 있답니다. 버튼을 눌러 죽이는 것과 직접 죽이는 것. 그 차이는 말하지 않아도 아시겠지요?"

"예, 예."

사내의 가슴이 다시 두근거렸다. 사실, 교수형보다는 이쪽이 그가 상상해왔던 진짜 살인에 가까웠다. 그는 조심스럽게 질문했다.

"그럼, 실버 등급은 어떻게 올라갈 수 있습니까?"

남자는 대답 대신 의미심장한 미소를 지어 보이더니, 곧 이렇게 말했다.

"자살 예정자를 세 분 섭외하시면 됩니다."

"네?"

"아시다시피 저희는 살인 다단계이지 않겠습니까?"
"아…"

사내는 깨달았다. 그래서 살인 다단계였구나!

"너무 걱정하지 마시길. 우리나라는 OECD 회원국 중 자살률 1위 국가니까, 그리 어렵지는 않으실 겁니다. 실제로도 실버 등급이 회원 수가 가장 많고요."
"…"

남자의 말에도 사내의 얼굴빛은 어두웠다. 그냥 버튼을 눌러서 사람을 죽이는 것이나, 다 준비된 무대에서 사람만 죽이는 것은 좋았다. 할 수 있을 것 같았고, 해보고 싶었다. 하지만 자살하려는 사람들을 직접 찾아다니며 내가 당신을 죽이게 해달라고 부탁하는 일은 영 하고 싶지 않았다.

"노하우는 저희가 전부 알려드립니다. 그리고 고민하셔도 어쩔 수 없습니다. 어차피 1년에 한 명씩 자살 예정자를 데려오셔야 합니다."
"예?"
"회원 규칙입니다. 그래야 조직이 유지되지 않겠습니까?"

사내의 눈이 휘둥그레졌다.

"그런, 말도 안 되는… 그런 게 있었으면 가입하기 전에 미리 말해줬어야 할 것 아닙니까!"

"미리 말할 수 있는 내용이 아니지 않습니까? 살인입니다, 살인."

"아, 으…"

"사람을 죽여보고 싶다면 그만한 각오는 하고 가입하셨어야죠."

단호한 남자의 말에 대답이 궁색해졌다. 사내는 기분이 좋지 않았다. 너무 선불리 가입한 건 아닌지 후회됐다.

남자는 자리에서 일어나며 말했다.

"복잡하게 생각하지 마세요. 딱 세 가지 원칙만 기억하시면 됩니다. 탈퇴 불가능, 비밀 엄수, 1년에 한 명씩 자살 예정자 섭외하기."

"으…"

"그럼 전 이만! 기회가 있으면 다음에 뵙겠습니다."

남자는 가볍게 묵례하고 사내를 지나쳐 갔다. 그러자 다급해진 사내가 남자를 급히 붙잡아 세웠다.

"자, 잠깐만! 세 가지 원칙을 지키지 않으면 어떻게 됩니까?"

우뚝 멈춰 선 남자가 빙긋 웃으며 말했다.

"마지막 골드 등급은 누구를 죽이는 걸까요?"

남자의 미소에 사내는 소름이 끼쳤다.

"저희는 절대 나쁜 사람들이 아닙니다. 저희가 죽이는 사람들이라고 해봐야 어차피 죽을 사형수, 자살할 사람, 그리고 저희 살인 다단계 회원들뿐입니다. 선량한 사람들에겐 피해를 주지 않아요."

알고 행한 것과 모르고 행한 것의 차이

"꺄아아악! 남우야!"

청년은 이제 자신의 인생이 끝났다고 생각했다. 운전대를 잡은 두 손이 돌처럼 굳어 움직이질 않았고, 밖에서 비명을 지르고 있는 여인의 모습에서 눈을 뗄 수가 없었다.

그는, 어린아이를 차로 쳤다.

죽었을까? 아마 죽었겠지. 살인자. 어린아이를 죽인 살인자. 끔찍한 살인자. 비록 60개월 할부지만 28살의 나이에 첫 차를 사게 되어 너무 기쁜 나머지 밤새 달리다 어린아이를 쳐 죽인 살인자!

청년은 자신의 인생이 끝났다고 생각했다. 여전히 운전대를 잡은 두 손은 움직일 줄 몰랐고, 여인을 보던 시선도 돌아갈 줄 몰랐다.

쓰러진 아이를 안고서, 억겁이 지나도 멈추지 않을 듯한 비명을 지르던 여인이 드디어 청년을 돌아보았다. 감히 감당할 수 없는 눈빛으로 청년을 돌아보았다. 청년의 정신이 아찔해지던 그 순간,

벌떡 일어나 차를 향해 달려들던 여인이 마치 마네킹처럼 그 자리에 정지했다. 밤의 도로가, 주변의 모든 것이 시간이 멈춘 듯 정지했다.

"안녕하십니까? 생명 교환 서비스입니다!"
"으아악!"

옆자리에서 갑자기 들려오는 목소리에 청년은 기겁했다. 아무도 없어야 할 옆자리에, 정장을 입고 나비넥타이를 맨 사내가 앉아 웃고 있었다. 청년이 너무 놀란 나머지 아무런 말도 못 하자, 사내가 기다렸다는 듯 설명을 시작했다.

"저희 서비스는 비공식적으로 이루어지는 터라 아마 잘 모르실 테니 자세히 설명해드리겠습니다. 방금 어린아이를 죽이셨죠?"
"으… 어어…"
"만약 고객님께서 죽인 그 생명이 어린아이가 아닌 다른 존재

라면 어떻겠습니까? 고양이? 개? 구관조? 금붕어?"

사내는 동물 이름을 꺼낼 때마다 손을 휘저었는데, 그러면 허공에 그 동물의 모습이 나타났다 사라졌다. 청년은 더욱 경악한 얼굴로 사내를 쳐다보았고, 사내는 빙긋 웃으며 말했다.

"지금 이 사고를 제가 마법처럼 바꿔드리겠다는 겁니다. 어린아이가 아닌, 다른 것을 죽인 것으로 말입니다."

청년의 눈이 급히 확장되더니, 몸짓이 다급해졌다. 이 사고를 되돌릴 수 있다고? 저 어린아이를 죽이지 않은 걸로 할 수 있다고?

"저, 정말입니까? 정말로 그게 가능합니까?"
"물론입니다. 교통사고의 순간, 어린아이를 다른 것으로 바꿔치기하는 것이지요. 단, 요금은 내셔야죠!"

사내는 히죽 웃었다. 청년의 얼굴에 긴장감이 서렸다. 이런 기묘한 상황에서 요금이라고? 그 단어가 조금 겁났지만, 지금 이 상황을 벗어날 수만 있다면 뭐든지 할 수 있었다.

"제, 제가 뭘 드리면 되는 겁니까?"

청년의 질문에 사내는 고개를 갸우뚱했다.

"뭐라니요? 돈이죠, 돈. 현금이요."
"네? 아…"

청년은 잠깐 당황했지만, 정신을 차리고 되물었다.

"그럼 얼마나?"
"교환할 생명에 따라 다릅니다."
"예?"

사내는 빙긋 웃으며, 여인을 손가락으로 가리켰다.

"저 여인과 관련된 존재로만 교환이 가능합니다. 그 가치에 따라 가격이 달라지지요."
"그게 무슨…"
"예를 들면, 고객님께서 100억 원을 낸다고 칩시다."
"100억?"
"예를 들어서 말입니다. 만약 고객님께서 100억 원을 내시면 저 여인의 어린 아들이 아닌, 저 여인의 피를 빨아 먹은 적이 있는 모기가 대신 차에 치여 죽습니다."
"모기?"
"네. 금액에 따라 교환되는 생명이 달라지는 것이죠. 리스트를 드릴까요?"
"네?"

어디서 꺼낸 건지, 사내의 손에는 검은빛이 도는 책이 들려 있었다. 청년은 얼떨결에 책을 받아서는 책장을 넘겼다. 첫 페이지에는 모기 그림이 그려져 있었다.

[여인의 피를 빤 적이 있는 모기 = 100억 원]

"…"

청년은 얼른 다음 페이지로 넘겼다.

[시장에서 여인이 귀여워한 적이 있는 구관조 = 10억 원]

"구관조?"
"어떻습니까? 꽤 괜찮지 않습니까? 어차피 저 여인이 그 구관조를 기억이나 하겠습니까?"

사내는 훌륭한 상품이라는 듯 떠들어댔지만, 청년에게 10억은 감당할 수 없는 금액이었다. 청년은 다음 페이지로 넘겼다.

[여인이 키우는 고양이 = 1억 원]

"으음…"

"고양이! 이거 정말 가성비 좋은 상품이죠! 뭐, 저 여인에게 원망 좀 받고 욕도 좀 먹겠지만… 그래도 고양이를 죽였다고 감옥에 가진 않을 것 아닙니까? 게다가 깔끔하게 즉사 처리가 되니까 치료비니 뭐니 따로 돈 들일 필요 없이, 고양이값 몇 푼만 물어주면 됩니다."

사내는 또다시 아주 좋은 상품이라는 듯 떠들어댔지만, 청년은 미간만 좁힐 뿐, 아무 말 없이 다음 페이지로 넘겼다.

[여인이 봉사 활동 갔던 산동네의 할아버지 = 천만 원]

"뭐? 이건 무슨…"

청년이 얼굴을 찌푸렸다. 사람 죽인 살인마가 되기 싫어서 이러는 건데, 기껏 바꾸는 대상이 또 사람이라고?

사내가 청년의 표정을 읽고서 말했다.

"아, 고객님이 이분에 대해 잘 몰라서 그러시는구나! 이 할아버지는 무연고자랍니다."

"무연고자요?"

"예! 그러니까 고객님이 합의하셔야 할 사람이 없다는 거죠!

물론, 사망 사건이니 형사로 금고형 정도는 받을지도 모르지만… 그래도 그게 어딥니까? 누구에게 원망받을 일도 없고, 어마어마한 합의금에 인생 망칠 일도 없고, 운 좋으면 금고형도 면할지 모르죠. 천만 원이면 아주 싼 겁니다!"

"음…"

청년은 이번엔 고민해볼 필요가 있겠다고 생각했다. 다만 아직 마지막 페이지가 남아 있었다. 이제껏 책장을 넘길 때마다 금액이 10분의 1로 줄어들었으니, 다음은 100만 원일 것이었다.

청년의 손이 빠르게 마지막 페이지를 넘겼다.

[여인 = 100만 원]

생각지도 못한 조건에 청년은 당황했다. 사내도 시큰둥하게 말했다.

"100만 원짜리는 영 형편이 없죠. 단순히 아이에서 여인으로 바뀌는 것뿐이니… 그래도 뭐, 과실 처리를 할 때 조금은 유리하겠죠. 아무래도 목격자가 아이니까, 블랙박스를 제거하고 발 빠르게 처리하시면… 약간 유리해지실 수 있는 정도?"

"…"

"추천하지는 않습니다."

모든 페이지를 살펴본 청년은 갈등했다.

10억 원의 구관조가 가장 좋겠지만, 10억 원이 어디 적은 금액인가? 평범한 자신이 평생을 일해도 못 벌 금액 아닌가? 차도 60개월 할부로 사는 마당에… 그렇다면 1억 원짜리 고양이는 어떨까? 아주 좋았다. 원망이야 받겠지만, 그래도 고양이 아닌가? 사람이 안 죽는 게 어딘가? 다만, 1억 원도 청년의 사정으로는 감당하기 힘든 금액이란 게 문제였다. 그렇다면 천만 원은? 감당할 수 있었다. 그 정도는 어떻게든 가능했다. 하지만, 사람이 죽는다.

"…"

청년은 1억 원과 천만 원 사이에서 갈등했다. 청년에게는 그나마 이 둘이 가장 현실적인 대안이었다.

1억 원을 갚는 데 몇 년이나 걸릴까? 모아둔 돈도, 손 벌릴 곳도 없는데. 그럼 천만 원은? 충분히 가능하다. 그러나 죄 없는 할아버지가 죽는다. 게다가 형사로 간다지 않는가? 재수 좋으면 집행유예가 될 수도 있다지만… 글쎄?

청년은 한숨을 내쉬며 얼굴을 감싸 쥐었다. 쉽사리 결정을 내릴 수가 없었다. 그때, 옆자리의 사내가 손가락을 까딱거리면서 말했다.

"결정이 어려우신가요? 혹시 죄책감 때문에요? 깜빡했는데,

한 가지 알려드릴 게 있습니다."

"…"

"저희는 확실한 애프터서비스를 해드립니다. 고객님의 기억을 모두 지워드리지요! 정말 훌륭한 서비스이지 않습니까?"

"기억을 지워준다고요?"

"예. 저희가 제공하는 서비스는 현실을 조작하는 것입니다. 그런데 고객님이 아이를 쳤던 기억이 남아 있다면, 그건 오류가 아니겠습니까? 그래서 고객님의 모든 기억을 지워드립니다. 저를 만난 것도, 무언가를 선택했단 것도, 생명이 교환됐다는 것도 전혀 모르게 되시는 겁니다! 그럼, 적어도 바꿔치기로 인한 죄책감은 없겠죠?"

"아!"

청년의 눈동자가 흔들렸다. 그러더니 곧, 어떤 생각에 빠져들었다.

"모든 기억이 사라진다고?"

청년은 사내를 향해 고개를 돌렸다. 사내가 빙긋 웃으며 물었다.

"결정하셨습니까?"

청년은 고개를 끄덕이며 말했다.

"예. 저는 100만 원짜리로 하겠습니다."

"100만 원? 이런! 100만 원짜리 말씀이십니까? 아, 이거 뜻밖이군요."

사내가 아쉽다는 듯 입맛을 다실 때, 청년이 덧붙여 말했다.

"그리고 가능하다면…"

⋮

한낮의 4차선 도로. 가로수에 묶여 있는 현수막이 바람에 펄럭거렸다.

[목격자를 찾습니다. 6월 24일 밤 11시경 40대 중반의 여성과 5세 남자아이를 차로 쳐 사망에 이르게 한 뺑소니 사고를…]

"그리고 가능하다면… 굳이 아이를 살려주지 않으셔도 됩니다. 처음부터 제가 실수로 두 사람 모두 죽인 걸로 알도록…"

작은 쓰레기가 소용돌이에 휘말렸다

두 번의 우연이 겹쳤다.

첫 번째는 정재준의 집들이 날, 굳이 외우려고 한 건 아니나 어쩌다 보니 정재준의 현관 비밀번호를 내가 외웠다는 것이고, 두 번째는 배달 음식을 시킨 정재준이 필통에서 현금을 꺼내 계산하는 걸 내가 보았다는 것이다.

5만 원권이 수두룩했던 필통의 모습은 내 머릿속에 깊이 각인되었다. 그리고 나는 들키지만 않는다면 얼마든지 나쁜 짓을 저지를 수 있는 쓰레기였다. 그래서 지금 이렇게, 외근을 나가는 척하고 정재준의 집으로 잠입했다. 필통은 손쉽게 발견했고, 안에 있던 5만 원권도 모두 챙겼다. 집으로 들어온 지 채 1분도 안 되어 저지른 일이었다. 외근을 핑계 대고 나왔으니 최대한 서둘러야 했다. 한데, 급히 현관문으로 달려가 신발을 신던 나는 순간적으로 멈춰 섰다.

방을 어질러놓고 가야 하나?

도둑이 들었는데, 곧바로 필통 안의 돈만 가지고 갔다? 이건 누가 봐도 면식범의 소행이 아닌가? 그렇다면 용의자는 크게 좁혀진다.

"이런, 씨!"

나는 얼른 신발을 벗고 다시 안으로 들어가 옷장 문을 열었다. 그 순간,

삐 삐 삐 삐.

현관 비밀번호를 누르는 소리가 들려왔다. 머릿속이 새하얘진 나는 얼른 옷장 안으로 숨으려 했지만, 공간이 칸막이로 나뉘어 있어서 몸을 숨기기에는 너무 좁았다.

어쩔 수 없이 침대 뒤로 급하게 몸을 던졌다. 심장이 미친 듯이 뛰며 눈앞이 아찔해졌다.

뭐라고 말하지? 왜 여기 있냐고 물으면 뭐라고 해야 하지? 필통을 확인하겠지? 젠장! 끝장이다!

한데,

"콜록!"

현관문을 열고 들어온 사람은 여자였다.

누구지? 엄마인가? 애인? 정재준이 아니라면 어떤 변명이라도 할 수 있지 않을까? 화장실이 급해서 들렀다고 하고, 돈을 필통에 다시 돌려놓는다면? 나는 슬며시 침대 너머로 상대를 확인했다.

"!"

홍혜화? 홍혜화가 왜? 둘이 사내 커플이었나? 전혀 그런 티가 없었는데?

나는 나도 모르게 그녀를 관찰했다. 그녀는 곧장 냉장고 쪽으로 향했다. 그러고는 냉장고 문을 열어 병음료 두 개를 꺼냈다. 술 좋아하는 정재준이 항상 챙겨놓는 숙취 해소 음료였다. 그녀는 가방을 열어 그중 하나를 챙겨 넣고, 나머지 하나는 그 자리에서 딱 한 모금 마셨다. 황당했다. 고작 저거 마시려고 근무시간에 여길 온 걸까? 한데 곧, 나는 깜짝 놀라 숨을 죽였다.

홍혜화가 가방에서 뭔가를 꺼내더니 먹던 음료에 집어넣는 것이 아닌가. 그러고는 음료 뚜껑을 닫아 다시 냉장고에 돌려놓고, 유유히 집을 빠져나갔다.

"도대체 무슨…"

나는 당황했지만, 침착하게 여러 가능성을 떠올려봤다. 소소하게는 설사약 같은 수준의 앙갚음이겠고, 조금 더 상상력을 발휘해보자면… 설마 독살?

설사약을 타는 것치고는 그녀의 표정이 너무 냉정했다. 그래도 설마 아니겠지. 설마! 왜? 홍혜화가 왜 정재준을? 무슨 원한으로?

도무지 이해할 수 없는 건 둘째치고, 일단은 지금 내 상황이 제일 곤란했다. 이걸 어쩐단 말인가? 그냥 홍혜화를 못 본 척 조용히 나가버릴까? 그러면 정재준이 위험해질지도 모른다. 아, 혹시 그럼 내 도둑질 행위도 영원히 묻히려나?

"…"

내가 그 정도까지 쓰레기인가? 그 정도는 아니다. 나는 냉장고로 가서 음료를 챙겼다.

"아, 망할!"

돌려놓는 김에, 5만 원권도 필통에 돌려놓았다. 찜찜해서 어쩔 수 없었다. 지금은 왠지, 작은 것 하나도 엮이면 안 될 것 같은 예감이 들었다.

⋮

마트에서 산 금붕어로 음료의 성분을 확인한 나는 기겁했다. 금붕어가 즉사할 정도로 지독한 맹독이었다.

나는 회사로 돌아오자마자, 긴장한 얼굴로 홍혜화의 모습을 살폈다. 그녀는 아무렇지도 않은 얼굴로 업무를 보고 있었다. 바로 옆자리의 정재준을 전혀 의식하지 않는 모습이었다. 도대체 저 여자는 뭐지?

이해할 수 없었다. 그녀는 왜 정재준을 죽이려고 하는 걸까? 혹시 정재준이 죽을 때까지 계속 다른 시도를 하려나? 어쩌지? 말을 해봐야 하나? 누구에게? 정재준? 홍혜화?

"무정아."

"어, 어!"

갑자기 나를 부르는 정재준의 목소리에, 나도 모르게 화들짝 놀랐다.

"왜 그렇게 놀라?"

"어? 아무것도 아냐."

"오늘 저녁에 혜화 송별회 있어."

"뭐? 송별회?"

나는 놀란 눈으로 홍혜화를 돌아봤다. 그녀는 웃으며 말했다.

"집안 사정상 이번 달까지만 일하기로 해서 말이야. 마침 오늘 다들 여유 좀 있는 것 같은데, 송별회 어때?"

"아…"

너무 속 보이는 타이밍이었다. 살인을 설계하고 일을 그만둔다? 게다가 송별회라면 술을 마시게 되지 않겠는가?

난 그녀의 웃는 얼굴을 보면서 가슴이 서늘해지는 것을 느꼈다. 이 여자가 내가 알던 홍혜화가 맞나?

⋮

송별회는 홍혜화가 추천한 정육 식당에서 열렸는데, 마침 정재준의 집 근처였다. 모든 것이 계획적이었다. 그녀는 은글슬쩍 정재준에게 술을 많이 권했고, 끝나고 따로 2차를 가자고 제안하기도 했다. 적극적으로 정재준과 나를 붙잡는 그녀의 모습에, 나는 내게도 역할이 주어졌음을 느꼈다. 나는 마다치 않았다. 그녀가 제안한 2차가 정재준의 집에서 한잔하자는 것이었으니까.

나는 몰래 숙취 해소 음료 한 병을 샀다. 그리고 정재준의 집에 도착하자마자 은근슬쩍 냉장고에 넣어두었다.

정재준이 음료를 먹고도 아무렇지 않으면 그녀가 어떤 반응을 보일까? 나는 당황하는 그녀의 모습을 기다렸다. 한데, 당황한 것은 오히려 내 쪽이었다.

"아으, 머리야! 술을 너무 많이 마셨나 봐. 아, 머리가 너무 아파…"

그녀가 갑자기 앓는 소리를 내자, 정재준이 몸을 일으키며 말했다.

"괜찮아? 숙취 해소 음료 있는데 그거라도 줄까?"

이게 뭐지? 이게 도대체 무슨 상황이지?

정재준은 냉장고에서 숙취 해소 음료를 꺼내어 홍혜화에게 내밀었다. 그녀는 전혀 당황하지 않았다. 내가 믿을 수 없다는 얼굴로 지켜보는 가운데, 그녀는 병뚜껑을 따고 거침없이 음료를 들이켰다. 자신이 독을 타놓은 음료를!

"!"

곧 홍혜화는 화들짝 놀라며 손에 든 병을 확인했다. 홍혜화의 눈동자가 사정없이 흔들렸다.

"이, 이게…"

홍혜화는 놀란 얼굴로 정재준을 돌아보았다. 하지만 정재준의 얼굴은 평소와 다름이 없었다. 그 얼굴에서 아무런 낌새를 읽어내지 못했는지, 그녀는 더욱더 혼란스러워했다. 그리고 나와 눈이 마주쳤다.

"!"
"?"

내 표정은 분명 이상했을 것이다. 감춘다 해도 뜨악한 표정을 말끔히 지우지는 못했을 것이고, 눈을 마주치자마자 어색하게 고개를 돌려버렸으니까.

"…"

홍혜화는 곧, 가라앉은 톤으로 이렇게 말했다.

"아… 나 숙취 때문에 아무래도 안 되겠어. 미안한데 오늘은 그만 가볼게. 미안해, 내가 말 꺼내놓고."
"뭐? 아… 어쩔 수 없지. 쩝."

술 좋아하는 정재준이 입맛을 다시며 나를 돌아보았다. 둘이서라도 마실까 하는 제안이었겠지만, 내 대답은 정해져 있었다.

"그럼 내가 바래다줄게. 같이 나가자. 다음에 셋이서 다시 한 잔하자고…"

"그래."

아쉬워하는 정재준을 두고, 나는 홍혜화와 밖으로 나섰다.

"…"

그녀는 말이 없었고, 나도 말을 걸지 못했다. 골목길을 걸어가는 동안, 내 머릿속은 이런저런 생각으로 복잡해졌다. 말을 해봐야 할까? 왜 그랬느냐고 물어봐야 할까? 또다시 정재준을 죽이려고 시도할까? 아니, 정재준과 관련되어 죽으려고 시도할까?

"…"

나는 결국, 물어보기로 했다. 만약 정재준을 죽이려는 거였다면 묻지 않았을지도 모른다. 하지만 정재준이 보는 앞에서 자살하는 게 목적이라면 물어볼 수밖에 없었다.

"너 재준이하고 무슨 일 있어?"

"…"

그녀는 바로 대답하지 않았다. 그 대신,

"너… 뭐 알고 있는 거 있어?"

그 자리에 멈춰 서서 내게 의심의 눈길을 보냈다. 나는 고백했다.

"실은 오늘 외근 나갔다가… 재준이네 집에 휴대폰 배터리를 놓고 갔던 게 생각나서 들렀거든. 비밀번호를 아니까. 그런데 그때… 널 봤어."

그녀의 눈동자가 흔들렸다.

"무슨 일이야? 도대체 왜… 자살을 하려는 거야? 그것도 재준이네 집에서…"
"…"

그녀는 인상을 찌푸리며 입술을 깨물었다. 나는 굳은 얼굴로 그녀의 대답을 기다렸다.

"…정재준 때문에 아이를 유산했었어."
"뭐?"

유산? 홍혜화가 임신을 했었다고?

"2년 전에 만나던 남자의 아이였어. 누구에게도 말하지 못한 비밀이었지… 그 사람은 아내가 있었으니까."

"아!"

"그때, 재준이가 장난으로 내 의자를 빼서 넘어진 적이 있었어. 정말 우습게도, 고작 그런 일로도 유산이 되더라?"

"아…"

"그냥 장난이었다는 말에 더 화를 낼 수가 없더라. 어차피 나도 낳을 수 없다고 생각해서 지우려던 아이였고, 비밀로 해야 하는 아이였으니까… 그런데."

홍혜화의 얼굴이 일그러졌다.

"그런데… 자꾸만 그 애 생각이 나. 시간이 지나도 잊히지가 않아. 오히려 점점 더 선명해져. 아무렇지 않게 정재준의 얼굴을 보다가도, 가끔씩 울컥 화가 치밀어 올라. 재가 내 아이를 죽였구나! 재 때문에 내 애가 죽었구나! 그런데 정재준은 기억조차 못 해. 자기에게는 아무 일도 아니었거든. 그래서 난 더 화가 나."

"…"

나는 상상도 못 했던 이야기에 할 말을 잃고 말았다. 그래도 한 가지 의문이 들었다.

"그런데 왜 네가? 정재준을 죽이는 게 아니라 왜 네가 죽으려고…"

"…"

홍혜화는 잠시 침묵하다가 대답했다.

"나를 미친 여자라 생각할지도 모르겠지만… 나는 정재준을 살인자라고 생각하고 있어. 그래서 난… 정재준을 진짜 살인자로 만들고 싶어. 내 목숨을 바쳐서라도 말이야."

"…"

나는 이해할 수 없었다. 하지만 그녀의 목적이 그게 다는 아니었다.

"그리고… 자살은 보험금이 나오지 않거든."

"뭐?"

"우리 집에 돈이 많이 필요해. 내 동생의 병도 치료해야 하고, 집안 빚도 갚아야 해."

"아…"

"나는 이제 너무 지쳤어… 내 목숨 하나로 우리 가족 모두가 행복해질 수 있다면 그렇게 하고 싶어."

"…"

너무나 엄청난 이야기에 나는 아무런 말도 꺼내지 못했다. 뭐라고 말을 해야 할까?

"나 좀 도와줘. 너 돈 좋아하잖아. 성공하면 내 보험금에서 천만 원 떼 줄게. 더는 안 돼. 빚 때문에…"

"뭐?"

"네가 돕지 않는다고 해도 어차피 나는 계속할 거야."

"…"

나는 고민했다. 그녀의 말이 옳았다. 나는 돈을 좋아했고, 그녀가 계속한다면 막을 수도 없었다. 어쩔 수 없이, 일단은 고개를 끄덕였다.

⋮

"그렇게 됐다. 그러니까, 혜화한테 가서 진심으로 사과해."

"…"

나는 모든 사실을 정재준에게 털어놓았다. 나는 돈 천만 원에 그런 짓까지 할 쓰레기는 아니었나 보다.

만약 정재준이 진심으로 사과한다면 홍혜화도 포기하리라 생각했다. 용서하진 못하더라도, 이미 사정을 다 알고서 몸 사리고 있을 정재준에게 죄를 뒤집어씌우기는 어려울 테니 포기할 수 밖에 없지 않겠는가?

한데,

"…사과 안 해."

"뭐?"

정재준의 대답은 나를 놀라게 했다.

"무슨 소리야? 사과를 안 하겠다니? 네가 화난 건 이해하겠는데, 지금 그렇게 감정적으로 나갈 게 아니라…"

"아니. 그런 게 아니야."

정재준은 굳은 얼굴로 내게 고백했다.

"난… 홍혜화가 죽었으면 좋겠어."

"뭐야?"

이건 또 무슨 소리야? 뜻밖의 대답에 머릿속이 뒤엉켜 있는데, 정재준이 조용히 입을 뗐다.

"3년 전 일이야. 홍혜화는 기억도 못 하겠지. 퇴근길에 너무 급하다고, 내 차로 데려다주면 안 되냐고 부탁하더라. 아버지가 쓰러져서 급히 가봐야 한다고 말이야. 그때 나는 여자 친구와 선약이 있었지만, 홍혜화를 데려다줬어. 여자 친구에게는 택시를 타고 오라고 했지. 그런데… 그 택시가 교통사고가 났어."

"뭐?"

"알아. 홍혜화가 그 애를 죽인 건 아니야. 교통사고가 원인이지. 하지만 지금도 가끔 생각해. 만약, 내가 원래 계획대로 그 애를 마중 나갔다면 어땠을까? 그럼 그 애는 택시를 타지 않았을 테고 죽지도 않았겠지."

"아…"

정재준에게 그런 사정이 있는 줄은 몰랐다. 그렇다면 홍혜화를 미워하는 것도 이해가 갔다. 게다가 정재준은 이를 악물면서 이렇게 말했다.

"나중에 알았어. 아버지가 쓰러지셔서 급히 가봐야 한다던 홍혜화의 말이 거짓말이었다는 걸 말이야. 홍혜화는 그냥 놀러 가던 길이었어."

"아!"

"잊으려 했어. 그 애가 죽은 건 홍혜화 탓이 아니야. 교통사고 때문이지. 그런데 가끔은… 울컥 화가 치밀어 올라. 홍혜화는 기억도 못 하겠지만 말이야."

나는 아연실색했다. 이 무슨 영화 같은 상황이란 말인가? 여자 친구의 죽음과 아이의 유산… 서로가 알지도 못하는 일로 원한을 가진 사이라니.

여전히 아무 말도 못 하고 있던 그때, 정재준이 나를 똑바로 바라보며 말했다.

"나를 살인자로 만들고 죽겠다고? 그렇게 하라고 해. 홍혜화가 죽든 말든 나랑 상관없어."

"너…"

"그 대신, 내게 죄를 뒤집어씌우진 못할 거야. 네가 나를 좀 도와줘."

"뭐?"

"네가 홍혜화의 계획을 알려줘. 나는 2천만 원을 줄게."

"…"

나는 일단은 고개를 끄덕였다. 그러고는 집으로 돌아와 생각을 냉정하게 정리해봤다. 둘 사이의 골은 깊어 보였고, 상황이 나아지지도 않을 것 같았다. 그럼 난 누구를 도와야 하는가? 목숨을 잃게 될 홍혜화? 2천만 원을 약속한 정재준?

"…"

누가 봐도 정답은 정재준이었다. 홍혜화의 계획은 이미 정재준에게 노출되어 있다. 그러니 계획에 성공해 보험금을 타내기는 어려울 것이다. 반면 정재준이 홍혜화의 계획을 파헤치는 건 어려운 일이 아니다. 내 도움이 있다면 더더욱.

나는 홍혜화에게 문자를 남겼다.

[어떻게 할 생각이야? 내가 뭘 도와주면 되는데?]

⋮

홍혜화는 니코틴 원액을 이용한 자살 계획을 세웠다. 방법은 숙취 해소 음료 때와 같았다. 정재준이 그녀에게 건넨 음료에서 니코틴 원액이 검출될 것이었다. 그녀는 내게, 정재준이 니코틴 원액을 사게 만들어달라고 부탁했다. 내 전자 담배를 핑계로 심부름을 부탁하고, 나중에는 시치미를 떼달라는 것. 그러면 니코틴 원액의 구매 기록까지 남아 영락없이 정재준이 살인 용의자가 될 거란 계획이었다. 물론, 나는 이 모든 계획을 정재준에게 알렸다.

"알겠어. 그렇게 따르는 척해줘."

우리는 일부러 홍혜화가 보는 앞에서 합을 맞췄다.

"재준아, 전에 니코틴 원액을 구한 적이 있다고 했지? 나도 하나만 구해줄래? 돈은 내가 줄게."

"그래? 알았어."

그리고 이틀 뒤, 점심시간에 잠시 사라졌던 홍혜화가 내게 신호했다.

오늘 밤.

나는 고개를 끄덕이고, 정재준에게 말했다.

"오늘 퇴근하고 치맥이나 달릴까?"

뚫어지게 쳐다보는 내 눈빛을, 정재준도 읽어낸 듯했다.

"…그럴까?"
"혜화야, 너도 가자."
"응? 별로 생각 없는데."
"한가하면 같이 가자. 집에 일찍 가봐야 뭐 하냐?"
"음, 알았어."

퇴근 후, 우리 셋은 호프집으로 향했다. 별것 아닌 이야기로 웃고 떠드는 정재준과 홍혜화의 동상이몽 속에서, 나는 홀로 긴장감을 숨기느라 애썼다. 억지로 웃으며 분위기를 맞추는 내 모습이 분명 어색해 보였겠지만, 생각해보면 어차피 둘 다 날 이상하게 생각할 여유는 없었다.

저번처럼 자연스럽게 정재준의 집으로 가 2차를 하기로 했다. 정재준의 집까지 이어지는 골목길을 걸으며, 나는 새삼 우리의 모습이 이상하다고 생각했다. 우리 셋 모두 앞으로 무슨 일이 벌어질지 알고 있지 않은가?

"…"

"…"

"…"

홍혜화는 죽고, 정재준과 나는 그 모습을 보며 놀라는 척한다. 바로 몇십 분 뒤에 벌어질 일이다.

그녀는 정재준을 저주하며 죽어가겠지만, 원하는 바를 이룰 순 없다. 내 증언은 그녀에게 불리할 테고, 그녀가 보험금 때문에 자살할 거라던 이야기도 녹음해놓았으니까. 정재준은 손 하나 까딱 않고서 복수할 수 있고, 아무런 책임도 지지 않는다. 나는 별다른 노력 없이도 2천만 원이라는 거금을 손에 쥐게 된다.

나는 괜히 홍혜화를 힐끔거렸다. 실은 지금이라도 늦지 않았을 텐데. 니코틴 원액이 섞인 음료를 내가 버리기만 해도…

"…"

아니, 어차피 홍혜화는 보험금 때문에 죽을 작정이다. 지금 내가 막는다고 해봤자 정재준이 죽을 때까지 계속 시도하겠지. 어차피 막을 수 없는 거라면, 차라리 2천만 원이라도 챙기는 게 현명하다. 혜화에게는 미안하지만… 정재준을 위해서라도 말이다.

⋮

정재준의 집에 도착한 우리는 새우깡 하나를 까놓고 캔맥주를 땄다. 홍혜화는 치밀했다.

"새집이라 그런가, 저번에도 생각했지만 인테리어가 좋다. 좀 찍어놔야지."

자연스럽게 핸드폰으로 동영상을 찍던 그녀는, 그걸 그대로 테이블에 내려놓았다. 그러고는 머리를 짚으며 예정된 연기에 들어갔다.

"아, 어지럽다… 술을 너무 많이 마셨나?"

나는 나도 모르게 정재준을 보았다. 그의 얼굴이 살짝 굳어 있었다. 그는 잠깐 고민하다가 일어섰다.

"…머리 아파? 잠깐만."

나는 정재준이 냉장고로 향하는 모습을 뚫어지게 쳐다보았다. 독약을 꺼내러 가는 그의 심정은 어떨까? 그것이 홍혜화를 죽음에 이르게 한다는 걸 알면서도 건네는 그의 심정은?

그에게 망설임은 없었다.

"자. 이거라도 좀 마셔."

"어, 고마워!"

심장이 빠르게 뛰기 시작했다. 지금 눈앞에서 사람이 죽는 모습을 보게 된다고? 정말로? 막상 그 상황이 닥치니 숨도 쉴 수 없을 만큼 가슴이 두근거렸다. 나는 그 상태로 홍혜화를 바라보았고, 병을 만지작거리던 그녀와 눈이 마주쳤다.

"…"

그녀는 지금 무슨 생각을 하고 있을까? 누구를 떠올리고 있을까? 망설이고 있을까?

이 순간, 우리 셋 사이에 약속이나 한 것처럼 침묵이 흘렀다. 그 침묵이 너무 길어져 어색해질 지경일 때, 드디어 홍혜화의 손이 움직였다. 그녀는 뚜껑을 열고, 병을 입으로 가져갔다. 두 눈을 감고, 음료를 모두 들이켰다. 그리고 예정대로, 두 눈을 부릅떴다.

나는 눈을 돌리고 싶어졌다. 한데,

"뭐야?"

홍혜화가 당황한 목소리로 말했다. 그녀는 멀쩡했다. 뭐지?

그녀는 흔들리는 눈빛으로 나를 살피다가, 급히 정재준을 돌아보았다. 나도 그녀를 따라 정재준을 향해 고개를 돌렸다.

"…"

정재준은 방바닥만 쳐다보고 있었다. 그는 고개를 들지 않고 중얼거렸다.

"진정한 복수는 용서라고 하더라."
"아!"

정재준의 마음이 바뀐 것이었다. 홍혜화의 얼굴이 딱딱하게 굳었고, 다시금 우리 사이에 침묵이 흘렀다. 한동안 말이 없던 정재준은, 캔맥주를 꿀꺽꿀꺽 들이켠 뒤에 취기를 빌려 입을 열었다.

"내가 용서할 수 있다면, 혜화도 용서할 수 있을 거라고 생각했어."

"…"

나는 그 말에 가슴이 울컥했다. 모든 것이 담긴 말이었다. 이 상황의 유일한 해결책이었다. 정재준이 홍혜화의 대답을 기다렸다. 굳은 얼굴의 홍혜화는 입술을 깨물다가, 캔맥주를 들이켰다. 그녀의 눈시울이 붉어져 있었다.

"용서할 수 없어."
"아."

나도 모르게 안타까운 탄성이 흘렀다. 도대체 그녀의 아픔은 얼마나 큰 것인가? 나는 정재준을 돌아보았다. 묵묵하던 그도 굳은 얼굴로 대답했다.

"…사실은 나도 용서할 수 없어."
"뭐?"

나는 혼란스러워졌다. 왜 여기서 정재준이 맞불을 놓는단 말인가?

답답하게 입을 꾹 다문 둘의 얼굴을 보니 내가 나설 차례인 듯했다. 나는 맥주를 꿀꺽꿀꺽 들이켠 뒤, 허심탄회하게 입을 열었다.

"이왕에 이렇게 된 거, 다 털고 그만하자. 혜화, 네가 모르는 재준이의 사정도 있어. 너는 모르겠지만 3년 전에 네가…"

나는 상황을 설명하면 홍혜화의 마음이 변하리라고 생각했다. 자신도 정재준처럼 기억도 못 하는 잘못을 저지른 걸 깨닫는다면, 마찬가지로 용서의 손길을 내밀 수도 있을 거라고 생각했다. 한데,

"우리 둘이 결혼한다."
"어?"

갑자기 들려온 뜬금없는 그 말에, 난 내 귀를 의심했다. 멍해진 얼굴로 정재준을 바라보자, 그가 다시 한 번 또박또박 말해주었다.

"혜화랑 나, 결혼한다고."
"…뭐?"

나는 믿을 수 없다는 얼굴로 홍혜화와 정재준을 번갈아 쳐다봤다.

"뭐…라고? 너희 둘이 결혼을… 한다고?"

이 상황을 이해할 수 없었다. 수많은 가능성을 떠올려보았지만, 어느 것 하나 정답이 아니었다. 이게 무슨 말일까? 도대체 이게 무슨 말이지? 왜 둘이 결혼을 하지? 그럼 여태껏 했던 짓거리는 다 뭐지?

"우리 몰래 사귄 지 1년이 넘었어."
"뭐?"

나는 태어나서 가장 크게 놀랐다.

"우린 서로의 아픔을 다 알고 있었어."
"뭐라고?"
"그 공통점 덕분에 급속도로 가까워질 수 있었던 거야."
"뭐, 뭐?"

두 사람이 번갈아가며 말했지만, 단 한마디도 이해가 되지 않았다.

정재준이 말했다.

"그리고 우리는 그 아픔을 극복하고서 앞으로 나아가기로 했지."

홍혜화가 말했다.

"용서를 하느냐 복수를 하느냐. 우리의 아픔을 극복하려면 둘 중 하나는 해야 했어."

정재준이 말했다.

"그래서 우린 기회를 주기로 했지."

홍혜화가 말했다.

"하지만 끝내, 용서가 아닌 복수를 할 수밖에 없었어."

나는 결국 언성을 높였다.

"도대체 무슨 소리야? 알아먹게끔 말을 하라고! 너희 둘이 지금까지 장난을 친 거야, 뭐야!"

둘은 나를 빤히 쳐다보았다.

홍혜화가 나를 향해 말했다.

"넌 정말, 끝까지 기억을 못 하는구나? 2년 전에 네가 내 의자

뺐던 거… 기억 안 나? 그거 재준이가 아니라 너였잖아."

"뭐?"

정재준이 나를 향해 말했다.

"난 적어도 네가 기억은 하고 있을 줄 알았다. 고작 3년 된 일인데. 네가 내 차를 빌려 갔던 거 기억 안 나?"

"뭐, 뭐?"

내가? 내가? 내가?

당황하는 나를 보며 둘은 담담히 말했다.

"우리가 왜 너를 용서 못 하는지 알겠어? 우리에겐 평생 잊을 수 없는 그 끔찍한 고통이, 너에게는 기억하지도 못할 장난이고 거짓말이었던 거야."

"그래도 우린 마지막으로 용서해보고 싶었어. 네가 저지른 일들은 사소한 잘못이기도 했으니까… 그래서 너에게 기회를 여러 번 줬어."

"뭐, 뭐?"

목소리가 떨렸다. 미친 듯한 불안감이 밀려왔다.

"처음에 청산가리를 가져가는 모습을 보고, 네가 그렇게까지 쓰레기는 아닐지도 모른다고 생각했어. 만약에 아까, 혜화가 음료를 먹는 걸 말렸다면… 어쩌면 우리는 너를 용서했을지도 몰라. 하지만 넌 마지막에 돈을 택했지."

"도대체 무슨! 너, 너희 지금 무슨 말을 하는…"

나는 점점 정신이 혼미해졌다. 이상했다. 얼른 이 자리에서 벗어나야 했다. 한데, 자리에서 일어서려던 나는 다리에 힘이 풀려 그만 비틀거리고 말았다.

"수면제야. 아까 재준이가 냉장고로 갈 때 내가 네 맥주를 바꿔치기했어. 다행히 넌 재준이만 보고 있더라."

"뭐, 뭐?"

눈앞이 희미해지는 가운데, 둘의 음성이 환청처럼 들려왔다.

"네가 잠들면, 나는 회사 사람들에게 동영상을 보낼 거야. 네가 내 집에 몰래 들어와서 필통 안의 5만 원권을 훔치던 동영상 말이야. SNS와 인터넷에도 퍼뜨려야지."

"다음 날 출근하지 않은 너는 결국 집에서 자살한 모습으로 발견될 거야. 니코틴 원액으로 자살을 한 거지."

"네가 전자 담배 때문에 최근에 니코틴 원액을 구한 걸 사람들은 다 알고 있어."

"나는 네 자살을 보며, 내가 괜히 동영상을 올린 것 같다고 자책하며 너에게 미안해하겠지… 따지고 보면 내 잘못은 아니지만 말이야."

"우린 평생 잊지 않을게. 너와는 다르게."

용서해줘! 다 기억할게! 제발 용서해줘!

내 마지막 말은 입안에서만 맴돌 뿐, 나오지 못했다. 나온다 한들, 이미 늦었겠지만.

내가 뭘 사과해야 하는가?

나는 아직 말단 사원이었고, 회사로 찾아온 손님을 접대해본 적도 없었다. 그러니 그녀가 나의 첫 손님이었다. 그녀는 나와 관계된 사람도, 일과 관련된 사람도 아니었다. 그러나 그녀는 나를 보자마자 울 것 같은 얼굴로 원망하듯 말했다.

"당신이군요. 당신이 우리 아버지와 마지막으로 대화한 분이군요."

"저, 무슨 말씀이신지?"

나는 정말로 짐작 가는 일이 없었지만, 그녀의 다음 말에 어쩐지 불안해졌다.

"우리 아버지가 지금 식물인간 상태예요."

"예?"

"아버지가 그렇게 되기 전에 마지막으로 만난 사람이 바로 당신이에요."

이게 무슨 말일까? 그녀의 아버지 일로 내가 무슨 오해를 받고 있는 것일까? 나를 용의자로 의심하고 있는 걸까? 그럴 만한 일이 있었나? 아니, 전혀!

"저기… 그게 무슨 말씀이신지?"
"…"

그녀는 기어코 눈물 한 방울을 흘리며 말했다.

"며칠 전에 아버지가 교통사고를 당하셨어요. 범인은 음주 운전자였고요."

뭐? 난 음주운전 같은 거 한 적 없는데?

"아버지의 블랙박스를 조사하다가, 당신을 보았어요."

나를? 나를 왜?

"그날 이 건물 앞에서, 당신이 우리 아버지한테 목소리를 높였어요."

뭐?

"왜 여기에 불법 주차를 하셨냐고. 회사 앞에다 그러면 어쩌냐고."

"아…"

그 말을 듣자 어렴풋이 기억이 났다. 며칠 전 회사 앞에 불법 주차를 했던 그분 이야기구나!

말단 사원인 내게 맡겨진 임무였다. 영업 차량이 나가야 하니 불법 주차 차량을 치워놓으라고. 하지만 운전자가 전화를 받지 않아서 내가 대신 한 시간 가까이 욕을 먹어야 했다. 나중에 뒤늦게 나타났던 그 아저씨. 그가 그녀의 아버지였나?

"우리 아버지가 마지막으로 대화한 사람이 당신이에요. 이대로 우리 아버지 돌아가시면, 우리 아버지의 마지막 기억 속에 남는 사람이 당신이라고요!"

"아…"

그녀는 원망의 눈빛으로 나를 쏘아보았다.

"우리 아버지, 평생 일만 하면서 혼자 외롭게 사신 우리 아버지… 그렇게 가시면 안 돼요. 나 일 바쁘다고 전화도 안 하고, 창피하다고 사랑한단 말도 못 했는데… 그렇게 가시면 안 돼요! 우리 아버지는 그렇게 가시면 안 되는 사람이라고요!"

"아, 저…"

"당신한테 그렇게 욕먹고! 나이 어린 사람한테 굽신거리면서 사과하고! 그렇게, 그랬던 게 우리 아버지의 마지막이면 안 된다고요!"

"아…"

나는 도대체 무슨 말을 꺼내야 할지 알 수 없었다. 그런 나에게 그녀는 쪽지 하나를 건네고 돌아섰다.

"우리 아버지에게… 사과하세요."

"…"

쪽지에는 병원 주소와 병실 호수가 적혀 있었다. 쪽지를 보는 내내 한 가지 생각만 떠올랐다.

도대체 내가 왜?

⋮

사정을 들은 동료들은 말했다.

"야, 괜찮아! 네 잘못 하나도 없어. 음주 운전한 새끼가 나쁜 놈이지, 너한테 왜 그래? 괜찮아, 괜찮아!"

"솔직히 그 아가씨가 오버하는 거지. 네가 왜 사과를 해? 불법 주차를 해서 차 빼달라고 한 게 잘못이야?"

나도 그들의 말에 동의했다. 그녀의 아버지가 그리 된 것은 안타까운 일이나, 나 때문에 그렇게 된 것은 아니었다. 난 그저, 날벼락을 맞은 기분이었다.

착하게 살진 않았지만, 그래도 남에게 원망받을 짓은 하지 않고 살았다. 그런데 이렇게 뜬금없이… 나는 그냥 평범하게 살았을 뿐인데?

조금 억울하기까지 했다. 내가 무슨 잘못을 했다고 그녀의 원망을 받아야 하는 걸까? 왜 그 아저씨가 그렇게 된 것이 내 책임인 것처럼 죄책감을 강요받아야 할까?

그녀에게는 미안한 말이지만, 그녀의 바람대로 내가 사과를 하러 병원까지 찾아가는 일은 없을 것이다. 물론 어려운 일도 아니고, 선의의 마음으로 얼마든지 할 수 있는 일이긴 하다. 하지만 부담스럽다. 나와 멀쩡히 대화했던 사람이 식물인간이 되어 병상에 누워 있는 모습을 보는 것도, 진심 없는 사과를 꾸미는 것도 부담스럽다.

사과를 한다는 건 내가 잘못했다고 인정한다는 것이다. 아무리 생각해도 그건 아니었다. 왜 아무 죄도 없는 내가 그런 부담을 짊어져야 하는가? 나는 그럴 수고를 할 필요도, 의무도 없다.

"…"

다만, 자꾸만 그날의 기억을 떠올리게 되는 건 어쩔 수 없었다.

내가 그 아저씨를 어떻게 대했지? 욕은 하지 않았던 것 같은데… 내가 뭐라고 했더라? 무슨 단어를 썼지? 뉘앙스는? 인상을 찌푸렸었나?

나는 어렴풋이 기억을 더듬어갔다.

그날 나는 짜증이 나 있었다. 불법 주차 차량을 한 시간 가까이 해결하지 못한 죄로 상사에게 얼마나 구박을 받았던가? 분명 내 목소리 톤이 꽤 높았던 것 같다. 회사의 손실에 대해 과장되게 떠들었던 것도 기억난다. 양심과 시민 의식에 대해 떠들었던 것도 기억난다.

아… 내가 꽤나 많은 말을 떠들어댔구나.

마지막에 크게 고개 숙이며 사과하던 아저씨의 모습도 떠올랐다. 평소라면 진작에 괜찮다고 했을 텐데, 그날은 아저씨가 떠날 때까지도 기분이 풀리지 않았다. 상사에게 받은 스트레스 때문에 마음의 여유가 없어서 그랬던 걸까?

이게 불과 얼마 전에 일어난 일이다. 그런데 그 아저씨가 식물인간이 되었다니. 죽을지도 모른다니.

"…"

찜찜했다. 내 잘못이 아닌 걸 알지만, 그래도 찜찜했다. 빌어먹을 음주 운전! 죽으려면 혼자 죽을 것이지!

나는 이 좋지 않은 마음을 풀기 위해 그 여자의 이야기를 여기저기에 하고 다녔다. 누구 한 사람이라도 더 내 편을 들어주길 바랐다.

"뭐? 너랑 전혀 상관없는 일이잖아. 솔직히 난 그 여자가 좀 웃긴 것 같은데. 사과를 왜 시켜?"

"불법 주차 때문에 피해까지 봤는데 고운 말 나오는 게 더 이상한 거지. 경찰 안 부른 걸 더 고마워해야 하는 거 아니야?"

"야, 그 아저씨가 네 말 듣고 우울해서 자살한 것도 아니고, 음주 운전자가 와서 박은 건데 네가 뭘 그렇게까지 신경을 써? 됐어! 됐어!"

그 모든 말에도 불구하고, 내 찜찜한 마음은 전혀 풀리지 않았다. 이상했다. 왜 그런지 이해할 수가 없었다.

분명히, 나는 죄가 없다. 오히려 그 아저씨의 불법 주차로 인해 피해를 본 사람이다. 아저씨가 사고를 당한 건 안타깝지만, 그녀의 요구는 비상식적인 행동이다. 나 역시 아버지를 잃어보았기에 그녀의 마음이 어떨지는 잘 안다. 하지만 그녀는 번지수를 잘못 찾았다. 나에게 화풀이를 한다고 해서 그녀가 아버지에게 느끼는 죄책감이 지워지진 않는다. 오히려 그녀는 나에게까지 정신적인 피해를 입혔다. 어쩌면 나는 지금 불쾌해하고 있어야 할지도 모른다.

그런데 왜 이렇게 마음이 찜찜할까? 객관적으로도, 상식적으로도 내가 이런 기분을 느껴야 할 이유가 전혀 없는데.

집으로 돌아온 나는 어머니에게도 그 이야기를 꺼냈다. 어머니라면 내 기분을 나아지게 해줄지도 모른다고 기대했다. 역시나 내 마음을 읽은 어머니는 이렇게 말했다.

"네 기분이 그런 건 네가 그 아가씨의 심정을 너무 잘 이해하고 있어서가 아닐까?"

"응?"

"네 아빠 떠나고 나서 네가 가장 많이 했던 말이 뭐였는지 아니? '죄송하다'였어."

"…"

"그 아가씨는 너무 죄송한 거야. 아버지한테 너무 죄송해서, 그게 무엇이든 간에 뭐라도 하고 싶은 거지. 뭐라도 하지 않으면 견딜 수 없는 거야, 지금. 너는 그 마음을 너무 잘 아니까 그 아가씨의 일이 계속 마음에 걸리는 걸 테고… 물론, 네 잘못은 하나도 없지만 말이다."

"…"

나는 어머니의 말이 맞을지도 모르겠다고 생각했다. 확실히 나는 그녀가 지금 어떤 심정일지 너무나 잘 알 것 같았다.

"그렇다고 해서 내가 사과를 하러 가는 건 우습지 않아? 음주 운전자나 그 가족도 아니고 뜬금없이 내가…"

"음…"

"굳이 알지도 못하는 그 아가씨를 위해서 병원까지 찾아갈 필요는 없잖아. 안 그래, 엄마?"

"…"

어머니는 가만히 내 얼굴을 살피다가 말했다.

"한번 가봐라."

"뭐?"

"그 아가씨를 위해서가 아니라, 네 마음이 편해지기 위해서 말이다."

"…"

나는 인상을 찌푸렸지만, 속으로 되물었다.

그것이 답일까?

⋮

"저… 이 병실을 찾아왔는데요."

"아, 예, 잠시만요."

나는 간호사에게 쪽지를 건네고 주변을 둘러보았다. 그러고 보니, 이렇게 큰 병원은 아버지가 돌아가신 이후 처음 오는 것이었다. 병원 냄새는 여전히 싫었다.

나는 간호사가 알려준 대로 엘리베이터를 타고 병실로 이동했다. 가는 동안 보이는 모든 풍경에 절로 눈살이 찌푸려졌다.

그의 병실 앞에서 나는 잠깐 망설였다. 문 너머에 그 아저씨가 식물인간 상태로 누워 있을 것이다. 내게 고개 숙여 인사하던 마지막 모습이 기억 속에 선명한데.

나는 마른 입술을 한 번 축이고, 말없이 노크했다. 그러고는 잠시 뒤 문을 열었다. 병실에는 그녀가 있었다. 그러나 나를 가만히 바라보는 그녀의 표정을 읽을 순 없었다.

그녀는 말없이 나를 안내했고, 나 역시 말없이 그녀의 뒤를 따랐다.

침대에 누워 있는 아저씨를 보는 순간, 심장이 덜컹했다. 정확히 기억나는 얼굴이었다. 그녀는 침대 옆에 앉았고, 나는 멀찌감치 떨어져 아무 말도 꺼내지 못하고 있었다.

머리로는 어서 사과를 해야겠다고 생각했다. 하지만 뭘 사과해야 하는지는 알 수 없었다. 사과 말이 떠오르지 않는 내 머리가 멍청하다고 느껴졌다.

뭘 사과해야 하지? 그날 아저씨에게 너무 짜증을 내서 미안하다고 해야 하는가? 그게 아저씨의 마지막 대화가 될 줄 몰랐다고 해야 하는가? 그렇게 아저씨를 닦달하는 게 아니었다고 해야 하는가?

그녀는 나를 가만히 올려다보았지만, 내 입은 쉬이 열리지 않았다. 그 시선, 내 침묵. 아, 정말이지 견딜 수가 없었다. 시간이 흐를수록 점점 더 힘들어졌고, 결국 나는 내몰리듯 억지로 말을 내뱉었다.

"미안합니다."

아!

먼저 말이 나오자, 생각도 그에 따라갔다. 미안하다는 말은 나도 놀랄 정도로 순식간에 진심이 되었다.

"미안합니다…"

나는, 정말로 아저씨에게 미안했다. 그날 내가 했던 모든 말과 행동이 선명하게 떠오르며 진심으로 미안했다.

내 표정을 살피던 그녀의 눈에 눈물이 글썽거렸다. 그녀는 말했다.

"더 크게요."

나는 그녀의 말대로, 누워 있는 아저씨에게 더 가까이 다가가 말했다.

"미안합니다…"

그녀는 눈물을 흘리며 말했다.

"계속해요."

나는 그녀처럼 아저씨의 옆에 앉아 말했다.

"정말 미안합니다."

그녀는 내 손을 잡아 아저씨의 손 위에 올려주었다. 나는 그 거친 손이 참 따뜻하단 걸 느끼고 이상한 기분이 되었다.

그리고 그녀의 울먹이는 얼굴을 보며, 내가 뭘 사과해야 하는지도 깨달았다.

"미안합니다. 열심히 살아온 아저씨가 이런 일을 당하셔서 정말 미안합니다. 아무 잘못도 없이 이렇게 억울한 일을 당하신 것이 미안합니다. 평생 고생만 하셨는데, 행복해질 시간도 없이 이렇게 되셔서 정말 미안합니다."

그녀는 엉엉 소리 내어 울었다. 나는 엎드린 그녀의 등을 가만가만 쓸어주었다.

"미안합니다. 미안합니다."

어찌 된 일인지, 그녀는 내게 웅얼거렸다.

"고마워요… 고마워요…"

나는 아저씨의 따뜻한 손을 힘주어 꽉 잡으며 말했다.

"괜찮습니다. 괜찮습니다. 다 괜찮습니다."

그녀는 마음 놓고 큰 소리로 울었다. 나는 진심으로 빌었다. 그가 무사히 일어날 수 있기를.

정말 미안하지만, 나는 아무렇지도 않았다

아내가 죽었다고 해서 꼭 그럴 필요는 없었다. 정말 미안하지만, 나는 아무렇지도 않았다.

일만 하느라 아내에게 신경 쓰지 못한 건 미안하지만, 어쩔 수 없다. 솔직히 아내보다는 회사가 더 중요했다. 그렇다고 아내의 교통사고가 내 탓도 아니었으니까. 그러니 아내에게 죄책감을 느낄 필요는 없었는데, 나도 모를 죄책감이 조금은 있었나 보다. 이해할 수 없지만 말이다.

언젠가 한번, 아내가 보육원에 같이 가자고 한 적이 있었다. 아내가 죽고 나서 그 보육원을 찾은 이유도 아마 죄책감 때문인 것 같다. 실은, 깜짝 놀랐다. 회사 일에 전념해야 할 때, 내가 이런 시간 낭비를 하다니.

내가 내 정신을 온전히 지배하지 못하고 있다는 사실은 충격적이었다.

회사 일에 전념하려면 이런 작은 죄책감 같은 건 어떻게든 털어버리는 편이 안전했다.

보육원 안에는 들어가지 않았지만, 건물 뒤편에 있던 사랑의 틈이라는 익명의 기부 창구를 발견했다. 나는 태어나서 단 한 번도 기부란 걸 해본 적이 없었다. 기부하는 사람들이야 자기만족으로 하는 거겠지만, 나는 아니었다. 하지만 이번엔 해보기로 했다. 아내가 생전에 자주 봉사하던 보육원에 기부라도 좀 하면 낫겠지. 그 정도면 아내에게 도리는 하는 거다.

일부러 은행까지 다녀와서 100만 원을 기부했다. 딱히 마음이 편해진다거나 하진 않았지만, 이제 다시 회사에만 전념할 수 있을 것 같긴 했다. 한데 뜻밖에도, 다음 날 회사로 그들이 찾아왔다. 보육원의 대표는 감격한 얼굴로 말했다.

"원래 저희는 이렇게 찾아오거나 연락을 드리지 않는 것이 원칙입니다. 익명으로 기부가 이뤄지니까요. 그런데 이번에는 도저히 찾아뵙지 않을 수가 없어서, CCTV를 뒤져 이렇게 실례를 무릅쓰고 찾아뵈었습니다."

"아."

기부 때문에 온 것이었다. 귀찮게 되었다는 생각이 들었다. 회사 일에 전념해야 하는데…

한데, 그의 다음 말은 정말이지 어이가 없었다.

"자그마치 5억 원이나 기부해주신 분을 찾아뵙지 않을 수가 없어서 그만."

"네?"

5억 원이라고? 이게 무슨? 당황한 나는 어제의 기억을 떠올리며 빠르게 상황을 파악했다. 기부를 하고 나오는 길에 마주쳤던 허름한 복장의 할아버지, 그 노인이었구나! 그 검은 봉지에 현금 5억 원이 들어 있었단 말인가? 세상에.

이 사람들은 착각하고 있는 것이다. 그런 후줄근한 노인이 5억 원을 기부했을 거라곤 생각도 못 하고, CCTV만 보고서 내가 기부한 걸로 착각하고 있는 거다. 하긴, 나도 그 검은 봉지에 5억 원이나 들어 있었단 사실이 믿기지 않으니.

"익명으로 기부하신 그 마음은 이해하지만, 솔직히 이런 좋은 일은 크게 알려야 한다고 생각합니다. 제가 잘 아는 기자분도 있고요. 선생님 생각은 어떠십니까?"

보육원 대표의 말을 듣는 동안, 머릿속이 빠르게 회전했다. 아무리 생각해봐도 그 허름한 복장의 노인은 부자가 아닐 게 분명했다. 아마 평생 모은 재산을 죽기 직전에 기부하는 것일 테지. 그 큰돈을 익명으로 기부했다는 건 정체를 드러내고 싶지 않다는 뜻이고. 가만, 혹시 내가 이걸 이용할 수 있지 않을까? 회사 일에 도움이 되지 않을까? 광고 효과가 엄청날 텐데!

"…"

나는, 나도 모르게 말했다.

"부끄럽지만, 제가 기부를 하긴 했습니다. 이렇게 찾아와주셨는데 잡아떼는 것도 예의가 아닌 것 같군요."

"아, 감사합니다! 그럼 보육원에 초청도 하고, 기사도 내도 괜찮다는 말씀이시죠?"

"예, 물론이지요."

나는 빙긋 웃었고, 이젠 돌이킬 수 없게 되었다.

보육원에서는 기다렸다는 듯이 그날 바로 기사를 냈다. 현수막도 내건 모양이었다. 나는 그때야 정신이 번쩍 들었다.

미쳤다! 들키면 어떡하지? 그 노인이 소식을 듣고 찾아오면 어쩌지?

끔찍하다. 보통 끔찍한 게 아니다. 게다가 나는 아내를 팔기까지 하지 않았나? 죽은 아내가 전념하던 보육원에 사기를 친 남편 이야기는 훈훈한 기사보다 훨씬 더 잘 팔릴 것이다. 무슨 일이 있어도 그 노인이 나타나는 일은 없어야 했다. 나는 제발 그 노인이 죽음을 앞두고서 오늘내일하고 있기를 바랐다. 하지만 빌어먹을!

초청을 받아 보육원에 가는 길에 우연히 붕어빵 노점을 본 나는 심장이 멎는 줄 알았다. 그 할아버지였다. 그 노인이 붕어빵을 팔고 있었다. 아프긴커녕, 너무나 쌩쌩했다.

운전대를 잡은 손이 덜덜 떨렸다. 알고 있을까? 기사를 보았을까? 보육원에 가봤을까?

다행히, 보육원에서는 아무것도 모르는 듯했다. 나는 여전히 그들의 5억 영웅이었고, 행사 내내 감사 인사와 극진한 대접을 받았다. 가는 길에도 얼마나 융숭한 배웅을 하던지. 하지만 나는 곧장 집으로 가지 못했다. 바로 붕어빵 노점으로 가서 노인을 지켜봐야 했다. 미칠 것 같았다. 심장이 터질 것 같았다. 빌어먹을! 기부 같은 허튼짓을 왜 했을까! 아내를 향한 죄책감은 개뿔.

나는 초조한 심정으로 붕어빵 파는 노인을 노려보았다. 내 머릿속에는 한 가지 생각밖에 없었다.

저 노인은 무슨 일이 있어도 절대 진실을 밝혀선 안 된다.

⋮

지난 며칠간 전전긍긍했다. 거의 매일같이 노인을 찾아가 감시했다. 안 그러고 싶어도 어쩔 수가 없었다. 매일 찾아가 노인이 일하는 모습을 온종일 감시하고, 또 노인의 집까지 미행했다. 그 집의 불이 꺼진 뒤에야 나도 겨우 집으로 돌아갈 수 있었다.

이건 아니었다. 기부를 한 뒤로, 단 하루도 일에 집중할 수가 없었다. 있지도 않은 죄책감을 털어보려고 허튼짓을 했다가 이게 무슨 꼴이란 말인가? 나답지 않은 실수다. 나에게 이럴 시간은 없다. 어서 회사 일에 전념해야 했다. 그래도 다행히 노인은 아직 그 사실을 모르는 듯했다. 만약 노인이 알게 된다면… 나는 머릿속으로 이런저런 장면들을 끊임없이 상상했다.

사실을 안 노인이 괘씸하다며 전면에 나서서 자신의 기부를 증명한다.

사실을 알았다 해도, 노인은 이미 그런 데에 미련이 없어서 끝까지 익명을 지킨다.

노인이 나섰지만, 후줄근한 노인의 말을 아무도 믿어주지 않는다.

언젠가 노인의 수명이 다해서 사실을 밝힐 수 없게 된다.

억지로 좋은 상황을 떠올려봤자 아무런 의미도 없다. 이렇게 계속 회사 일을 내팽개치고 있을 순 없으니, 결단을 내려야 했다. 여기서 내가 선택할 수 있는 방법은 세 가지 정도였다.

노인에게 가서 솔직하게 털어놓고 무릎 꿇어 부탁하는 방법.

노인이 사실을 고백했을 때, 끝까지 내가 기부한 거라고 우기며 노인을 거짓말쟁이로 만드는 방법.

그리고… 내 손으로 노인의 수명을 앞당기는 방법.

셋 중 하나를 실행해야만 했다. 아니, 둘 중 하나. 끝까지 내가 기부한 거라고 우기는 방법은 들킬 확률이 너무 높다. 둘 중 하나를 실행해야만 했다.

"…"

아니다. 노인한테 솔직히 고백하는 것도 어리석은 일이다. 저 노인이 미쳤다고 '그럼 자네가 기부한 것으로 하게'라고 말할까. 그건 내 바람일 뿐이다. 냉정하게 생각해서, 지금 내게 남은 방법은 하나뿐이다.

그럼, 이제 난 어떻게 해야 할까?

⋮

결정을 내렸다. 나는 단단히 각오했다. 이 길이 최선이었다.

"고백할 게 있습니다."

"네? 선생님?"

내 선택은 바로 이것이었다.

"죄송합니다. 5억 원을 기부한 건, 제가 아닙니다."

보육원에 솔직하게 고백하는 것.

"저는 100만 원을 기부했습니다. 저를 5억 원 기부자로 착각하시는 걸 보고 저도 모르게 거짓말을 해버렸습니다. 제가 기부한 건 100만 원입니다."

"..."

내 고백을 들은 보육원 대표는 얼굴을 찌푸렸다. 그는 한숨을 내쉬었다. 어쩔 수 없다. 이건 내가 감당해야 할 일이다. 나는 내게 이어질 비난과 멸시, 욕을 기다렸다.

그러나 보육원 대표는 달래듯이 말했다.

"왜 이러십니까? 지금 혹시 돈을 되돌려달라고 이러시는 겁니까?"

"아니요. 아닙니다. 제가 기부한 돈은 100만 원입니다. 5억 원 기부자는 따로 있습니다. 근처에서 붕어빵을 파는 노인입니다."

"허허, 참."

복잡해 보이는 표정으로 나를 바라보던 보육원 대표가 자리에서 일어나 어딘가로 향했다. 얼마 후, 그는 나를 CCTV 영상을 볼 수 있는 관리실로 불렀다.

"이걸 좀 보시죠. 그날 CCTV 영상입니다."

CCTV는 보육원 앞길이 아닌, 뒤편 사랑의 틈을 선명하게 찍고 있었다. 그리고… 그곳에 내가 있었다.

무표정한 얼굴로 돈다발을 끊임없이 밀어 넣고 있는 내 모습이.

"이렇게 선생님께서 직접 5억 원을 넣어주셨는데, 무슨 말씀을 하시는지요?"

"…"

그제야 깨달았다. 나는 아내의 죽음이 아무렇지 않은 게 아니었구나. 아내에게 미안하지 않은 게 아니었구나. 나는 아내를 정말 사랑했구나.

궁금하다. 그동안 번 모든 돈을 아내를 위해 바친다 해서 이제 와 아내가 기뻐할까? 아내가 날 용서해줄까?

미안해, 여보.

죽음이 무서운 사람들을 위해

나는 죽음이 무섭지 않다. 그래서 지금 사람들의 아우성을 듣고 있자니 왠지 좀 미안하기도 하다.

"죽기 싫어! 죽기 싫다고!"
"왜 나한테 이런 일이 생기는 건데! 내가 뭘 잘못했다고!"
"엄마, 무서워! 엄마!"
"당신이 여행 가자고 하지만 않았어도 이럴 일은 없었잖아!"

이곳은 추락이 예정된 비행기의 안. 공포에 찬 비명과 울음소리로 가득하다.

30분 전, 갑작스러운 기상 악화로 인해 비행기가 산맥으로 돌진했다. 다행히 기장이 기지를 발휘해 산에 정면충돌하는 것만은 피했지만, 그 대신 높은 협곡 사이에 위태롭게 끼여버렸다. 창밖 풍경이 어찌나 아찔한지 당장 비행기가 추락한다 해도 이상하지 않을 듯했고, 바람만 불어도 기체가 기우뚱거렸다. 그때마다 승객들은 비명을 질러댔다. 승무원들이 할 수 있는 말이라곤, 구조 신호를 보냈으니까 최대한 기체가 흔들리지 않게 자리에서 안정을 유지하란 말이 전부였다.

우는 사람, 욕하는 사람, 생의 마지막 말을 나누는 사람. 모두가 죽음의 공포에 떨고 있었지만, 나는 아니었다. 살날이 몇 달 안 남은 시한부 환자였기 때문이다.

죽음이 갑작스러운 그들과는 달리, 어차피 죽을 걸 알고 있던 난 아무렇지도 않았다. 눈물조차 나오지 않았다. 다만, 옆자리의 엄마가 울고불고 난리가 났다.

"다 엄마 잘못이야. 괜히 엄마가 여행 가자고 해서 이렇게 됐네. 엄마가 너무 미안해."

어휴, 그래 봤자 한두 달 일찍 죽는 것 뿐인데 뭐가 그리 슬플까?

"뭐가 미안해. 어차피 난 얼마 못 살 거였는데. 나보다는 엄마가 안됐지."

"지영아."

"난 아무렇지도 않아. 그냥 여기 사람들이 안타깝지. 다들 안

됐다, 참."

솔직히 그랬다. 숨도 못 쉴 정도로 꺽꺽거리며 울고 있는 사람들이 불쌍해 보였다. 모두가 죽음의 공포로 떨고 있는데 나 혼자 아무렇지도 않아 미안할 정도였다. 저들도 나처럼 죽음이 아무것도 아니란 걸 알면 좋을 텐데.

끼이이이익!

"꺄아악!"
"엄마아!"
"으아아악!"

기체가 또 한 번 크게 기우뚱하자 여기저기서 비명 소리가 들렸다. 좌석에 몸을 꼭 붙이고 부들부들 떨며 울부짖었다. 안타깝다. 죽음이 그렇게 호들갑 떨 만한 일은 아닌데.

그때였다. 한 남자가 통로의 가장 앞까지 걸어 나왔다.

"안녕하십니까, 여러분?"

나는 그 남자를 보았지만, 모두가 그를 발견한 건 아니었다. 대부분의 사람들은 죽음의 공포에 빠져 다른 사람에게 신경 쓸 여유가 없었다. 반면, 난 그 남자가 신기했다. 표정에서 일말의 공포심도 느껴지지 않았기 때문이다. 혹, 나처럼 시한부 환자인 걸까?

남자는 좀 더 큰 목소리로 다시 외쳤다.

"여러분! 죽음이 무서우시죠?"

아까보다 많은 사람들이 남자를 바라봤다. 어이없게도, 남자는 웃었다.

"죽음을 두려워하지 마세요! 그럴 필요 없답니다!"

뭐지? 저 남자는 뭘까? 지금 이 상황에서 어떻게 저렇게 태연하지? 이상했다. 그 남자를 보고 있던 다른 사람들도 나와 같은 걸 느낀 듯했다.

"무슨 소리야? 너 뭐야!"

누군가 그 남자에게 신경질적으로 외치자, 그는 웃는 얼굴로 대답했다.

"여러분이 죽는 걸 너무 무서워하시는 것 같아서 도와드리고자 앞으로 나섰습니다."

순간, 나는 그가 종교인이 아닐까 생각했다. 한데 이어지는 그의 말이 너무 어처구니없다.

"저는 저승에서 일하는 직원입니다. 지금은 지상으로 휴가를 왔죠."

"…"

"제가 여러분께 드리고 싶은 말은, 저승이 그리 무서운 곳이 아니라는 겁니다. 이렇게까지 죽음을 두려워하실 필요는 없습니다."

어이없는 말이었다. 혹시나 해 주의 깊게 들어보려던 사람들도 고개를 돌릴 말이었다. 하지만 그는 해맑은 얼굴로 계속 떠들어댔다.

"죽으면 어떻게 될지 막연하니까 무서우신 겁니다. 그런데 사실 죽고 나서도 별것 없습니다. 저승도 다 사람 사는 곳입니다. 사람들끼리 어울려서 지내죠. 그런대로 제법 지낼 만합니다."

황당무계한 그의 말에 사람들은 두 가지 반응을 보였다. 무시하거나, 화를 내거나.

"이 미친 새끼! 너 뭐 하는 새끼야?"

"저 정신 나간 놈이 지금 이 상황에 장난치자는 거야, 뭐야!"

몇몇 목소리는 너 잘 걸렸다는 듯이 욕을 했고, 몇몇 목소리는 다시 울음 속으로 빠져들었다. 나는 이 모습을 조용히 관찰했다.

"저는 진짜 저승에서 일하는 사람입니다. 그 증거로, 저승에 대해서 제가 아는 걸 구체적으로 설명해드리겠습니다. 일단 저승의 땅은 무한대입니다. 그곳에서 서로 마음이 맞는 사람들끼리 모여 오손도손 살아갑니다. 맛있는 것도 먹고, 물놀이도 하고, 꽃놀이도 하고 말입니다. 이승처럼 치열한 재미가 있지는 않지만, 그래도 평범하게 살아갈 수 있는 곳입니다."

"무슨 개소리야!"

몇몇 사람들이 욕을 해댔지만 사내는 들은 척도 하지 않았다. 한데, 주변을 살펴보니 사내의 말에 집중하는 사람들이 꽤 보였다.

"용암 지옥이니, 칼날 지옥이니 그런 걸 상상하고 무서워하는 분들이 계실 겁니다. 근데 천국과 지옥이 따로 있는 게 아닙니다. 그냥 평범하고 무한한 땅덩이가 두 개 있을 뿐입니다. 산 있고, 강 있고, 바다 있고, 마을 있고, 뭐 둘 다 똑같죠. 죽고 나면 그 두 개의 땅 중 하나로 가게 됩니다."

천국과 지옥의 구분이 없다고? 똑같은 땅덩이가 두 개일 뿐이란 이야기는 처음 들어보는 것이었다. 이 이야기가 꽤 흥미로웠는지, 사람들의 관심이 서서히 사내에게로 쏠리는 게 느껴졌다.

"두 땅덩이의 환경은 똑같지만, 그래도 굳이 여기 식으로 이름을 붙이자면 각각 천국과 지옥이라고 할 순 있습니다. 세월이 흐르면서 자연스럽게 그리 되었지요."

"뭐야? 방금 천국과 지옥의 구분이 없다며?"

계속 욕하던 사람 중 하나가 자기도 모르게 되물었다. 사내는 그를 향해 빙긋 웃으며 말했다.

"예, 천국과 지옥은 없죠. 둘 다 똑같은 땅이니까요. 다만, 사는 사람이 다릅니다. 아, 먼저 저승의 시스템에 대해 알려드려야겠군요. 그러니까 여러분이 죽게 되면, 여러분은 일종의 자석과 같은 상태가 됩니다. 싫어하는 사람은 밀어내고, 좋아하는 사람은 당기게 되죠."

"뭐?"

사내는 양손 검지를 세워가며 말했다.

"1번 땅과 2번 땅이 있습니다. 1번 땅에 당신의 죽은 부모님이 있다면, 부모님이 당신을 자석처럼 1번 땅으로 끌어당길 겁니다. 하지만 만약, 1번 땅에 당신을 싫어하는 사람들이 있다면? 당신을 2번 땅으로 밀어내려고 하겠죠. 웬만한 힘으로는 부모

자식 간의 당기는 힘을 이기기 어려울 테지만, 만약 당신이 아주 별로인 사람이라서 당신을 싫어하는 사람이 많다면? 심지어 당신 때문에 죽은 사람이 거기 있다면? 당신은 무조건 2번 땅으로 밀려나게 되겠죠."

"아."

"세월이 흐르면 흐를수록, 1번 땅에는 보통 사람들이 모여들었습니다. 2번 땅에는 별로인 사람들이 모여들었죠. 살인마나 사기꾼 같은 사람들 말입니다. 두 땅의 환경은 똑같지만, 사는 사람이 다릅니다. 천국과 지옥을 나누는 기준은 결국 사람이란 거죠. 아무래도 이웃에 살인마나 강간범이 사는 건 싫지 않겠습니까? 그러니 임의로 천국과 지옥이란 이름을 붙일 수도 있겠단 말입니다."

"아…"

많은 사람이 사내의 이야기에 빠져들어 있었다. 심지어 몇몇은 울음까지 그치고 사내의 말을 듣고 있었다.

"자, 여기서 잠깐! 그럼 저는 무슨 일을 할까요? 저는 갈림길 문지기 일을 하고 있습니다. 쉽게 말하자면, 천국의 물 관리를 담당하고 있지요."

"뭐?"

"아무리 자석에 맡겨둔다고 해도, 천국 쪽에 별로인 사람이 들어갈 확률도 있지 않습니까? 분명 별로인 사람이지만, 그를 싫어하는 사람들이 아직 죽지 않은 경우도 있겠고요. 그럼 그 별로인 사람을 밀어낼 사람이 천국에 없으니까, 어영부영 천국에 들어갈지도 모르겠죠? 그래서 저희가 저승의 입구에서 문지기 역할을 하는 겁니다. 저희는 그 사람이 살아온 인생을 볼 수 있습니다. 그걸 냉정하게 심사해서 어느 쪽으로 보낼지를 결정하는 거죠."

"뭐야, 그게!"

사내의 말이 끝나기도 전에 신경질적인 반응이 튀어나왔다. 사내의 말이 진짜라고 믿어야만 나올 수 있는 반응이었다. 기내를 둘러보니 모두가 사내의 이야기를 듣고 있었다. 어쩌면 이 순간, 누군가는 인생을 돌아보고 있을지도 몰랐다.

사내는 과장된 표정으로 어깨를 으쓱했다.

"저도 일하기 귀찮지만 어쩔 수 없네요. 그런데 이게 참, 죽는 사람이 너무 많다 보니까 일이 힘듭니다. 어쩔 수 없이 대충할 수밖에 없지요. 그래서 한 번에 천 명씩 모아놓고 심사를 합니다. 물론 천 명을 일일이 심사할 순 없겠죠? 그래서 저만의 노하우를 개발했습니다. 자, 망자들이 광장에 가득 모이면 제가 맨 처음 뭘 하는지 아십니까?"

사내는 사람들을 쓱 둘러보았다. 한 명도 빠짐없이 모두 사내의 말을 듣고 있었다. 그는 머리 위로 손을 들며 말했다.

"이렇게 합니다. '자, 여기서 반려동물을 키웠던 사람 손 드세요!' 하고 외치죠."

"반려동물?"

"그래서 반려동물을 키웠던 사람들이 손들면, 그 사람들은 볼 것도 없이 그냥 천국 쪽으로 보내버립니다. 반려동물들은 모두 천국에 있고, 그들 대부분은 지독하게 주인을 사랑하거든요. 어차피 지옥 쪽으로 보내도 웬만하면 천국 쪽으로 끌어당겨질 게 뻔하니까 아예 그렇게 처리하는 거죠."

여기저기서 몇몇 사람들이 작게 탄식했다. 나는 고개를 돌려 사람들의 눈빛이 흔들리는 모습을 지켜보았다. 어느새 울음소리는 잦아들어 있었다.

"그다음으로는 '할머니 손에 자란 사람 손 드세요!'라고 외치죠."

"…"

"그분들도 그냥 천국 쪽으로 보내버립니다. 안 그랬다간, 왜 우리 손주를 지옥 쪽으로 보냈냐고 항의를… 어휴! 그냥 천국 쪽으로 보내버리는 게 맘 편하죠."

"아."

나는 어느새, 사내보다 사내의 이야기를 듣고 있는 사람들에게 시선을 더 빼앗겼다. 저런 허무맹랑한 이야기에 시시각각 표정이 변하는 모습, 공포를 잊어가는 모습이 신기했다.

"그리고 마지막으로 '가깝게 지내던 사람이 죽어서 울어본 적 있는 사람 손 드세요!' 하고 묻습니다. 죽은 사람들도 자신을 위해 울어준 사람을 다 알고, 계속 기억하고 있거든요. 이 경우에는 서로 당기는 힘이 강력하겠죠? 웬만하면 밀려날 일이 없는 사람들이니까, 애초에 천국 쪽으로 보내버리는 거죠."

"아."

이번에도 사내의 말에 몇몇 사람들의 표정이 바뀌었다. 이상했다. 아까까지 울먹이던 그 모습들은 어디 갔지? 사내를 욕하던 목소리들은 다 어디 갔지? 옆자리에서 내 손을 꼭 잡고 있던 엄마의 얼굴에도 어느새 눈물이 멈춰 있었다.

"이 정도만 해도 남은 사람이 확 줄어들기 때문에, 이때부터는 일일이 분류할 수 있습니다. 이게 바로 제가 저승에서 하는 일입니다. 이제 제 이야기를 믿으시겠습니까?"

"…"

사내는 웃는 얼굴로 사람들을 둘러보았다. 그리고는 이렇게 말했다.

"아, 저승으로 돌아가면 이 질문을 추가하겠습니다. 비행기 추락 사고로 죽은 사람은 손 들어달라고요."

"아!"

"약속드리겠습니다. 그러니 죽는 걸 너무 무서워하지 않으셔도 됩니다."

사내는 밝게 웃으며 이야기를 끝냈다. 하지만 처음처럼 사내를 욕하는 사람은 없었다. 누군가는 여전히 울고 있었지만, 누군가는 생각에 잠겨 있었고, 누군가는 간절한 눈빛으로 사내를 바라보고 있었고, 누군가는 나의 엄마처럼 애틋하게 가족을 바라보고 있었다. 울음과 공포만이 가득하던 기내가 어느새 차분하게 안정되어 있었다.

그리고 그때 마침맞게도, 안내 방송이 나왔다.

[승객 여러분, 곧 구조대가 도착한다고 합니다! 곧 구조대가 도착한다고 합니다!]

⋮

기적처럼 구조된 승객들. 그 승객 명단에 사내는 없었다.

"뭐야? 그 사람 정말로 없어요? 진짜 없다고요?"

"전원 구조된 거 맞아요? 그 사람이 정말 없다고요? 잘못 조사한 거 아니에요?"

"아니, 양복 입고! 키는 이만하고!"

나는 그 누구보다도 간절하게 사내를 찾았지만, 사내는 정말 어디에도 없었다. 마치 처음부터 비행기에 없었던 사람처럼.

"…"

엄마는 무사히 구출되자마자 나를 붙잡고 울었다.

"다행이야! 살아서 정말 다행이야!"

나는 평소처럼 "어차피 난 아무렇지도 않았어"란 말은 하지 않았다. 그 대신 다른 말을 했다.

"나 사실은 죽는 게 무서웠어."

"…"

"그런데 이젠 진짜 안 무서워. 내가 먼저 천국에 자리 잡고서 엄마 기다릴게. 강력한 자석이 되어 모두를 기다릴 거야. 내가 거기 있을 테니까 엄마는 걱정할 필요 없어."

엄마는 나를 끌어안고 울었다. 그 품에서, 나도 오랜만에 눈물을 흘렸다.

가치 재판

조명이 꺼져 어두운 세트장. 왼쪽과 오른쪽의 문이 동시에 열리더니 두 명의 사내가 걸어 들어왔다. 서로의 얼굴을 확인하고서 적개심을 드러내는 둘. 바로 김남우와 정재준이었다. 서로를 향해 저벅저벅 걸어간 둘은 손만 내밀면 악수도 할 수 있을 만큼 가까운 거리에 이르자 그대로 멈춰 섰다. 그러나 악수 없이, 곧장 정면으로 돌아서서 사회자를 쳐다보는 김남우와 정재준.

정장을 차려입고 나비넥타이를 맨 사회자가 방긋 웃으며, 마이크를 들었다.

[어서 오십시오, 김남우 님, 정재준 님! 자, 두 분 중 과연 어느 분이 살아 나갈 수 있으실지, 지금부터 가치 재판을 시작하겠습니다!]

사회자는 양팔을 과장되게 펼쳐 보이며 마치 이벤트라도 여는 듯 가볍게 말했지만, 실상은 그리 녹록지 않았다. 오늘 이곳에선 김남우와 정재준, 둘 중 한 명만이 살아 나갈 수 있었다.

[자, 먼저 두 분의 운명을 판가름해주실 오늘의 배심원 여러분을 소개합니다!]

딸깍!

사회자가 뒤돌아 팔을 펼쳐 올리자, 뒤쪽으로 조명이 켜지며 100개의 단상이 드러났다. 각각의 단상에는 100명의 사람들이 자리하고 있었다. 그들의 단상에는 파란 불 또는 빨간 불이 크게 켜져 있었는데, 정확히 50 대 50의 비율로 불이 들어와 있었다.

돌아선 사회자가 둘을 향해 친절히 설명했다.

[자, 빨간 불이 김남우 님, 파란 불이 정재준 님을 지지하는 불빛입니다. 배심원분들은 여러분에 대한 사전 정보 없이, 오직 사진만 보고 둘 중 한 분의 지지를 선택하신 분들입니다. 공평하게 각각 50분씩 모셨고요, 재판이 끝났을 때 더 많은 지지를 얻어낸 분이 살아남으시는 겁니다. 이해하셨죠?]

"…"

김남우와 정재준은 긴장한 얼굴로, 배심원들과 눈을 마주치려 애썼다.

[자, 오늘 재판에서는 두 분에 대한 증거가 각각 세 개씩 제시될 겁니다. 증거가 발표될 때마다 배심원분들은 10초 안에 버튼을 눌러 불빛을 바꾸실 수 있습니다. 물론 지난 한 달간 두 분이 착하고 성실하게 살기 위해 얼마나 바싹 정신을 차렸는지는 아주 잘 알고 있습니다. 그래도 분명 배심원분들의 마음을 흔들리게 할 증거들을 저희가 쏙쏙 뽑아 왔겠죠? 하하. 그럼, 첫 번째 증거를 제시하겠습니다! 어떤 분이 먼저?]

"제가 먼저 하겠습니다."
"…흠."

빨간 불의 김남우가 먼저 나섰고, 파란 불의 정재준은 침묵으로 동의했다.

[알겠습니다. 김남우 님 먼저 시작하겠습니다. 참, 모든 증거는 지난 한 달간 두 분의 생활 속에서 뽑은 것이고, 한 치의 조작도 없다는 사실을 미리 말씀드리는 바입니다! 자, 그럼 김남우 님의 첫 번째 증거!]

김남우는 긴장이 됐지만, 그래도 자신이 있었다. 지난 한 달간 최대한 착하게, 바르게, 성실하게 살려고 노력했다. 아마 김남우가 아는 한에선 결코 큰 흠이 없는 한 달이었다.

[김남우 님은 7일째 되는 날 오전, 집에서 〈인간극장〉을 보셨습니다. 오, 이런! 그런데 〈인간극장〉을 보면서도 눈물을 흘리지 않으셨군요?]

김남우는 어리둥절한 표정을 지었다. 그러나 사회자는 곧장 뒤돌아 배심원들에게 소리쳤다.

[자, 배심원 여러분! 혹시 마음이 바뀐 분들은 지금부터 10초 안에 버튼을 눌러주세요! 10! 9! 8!]

띠링! 띠링띠링 띠리리링!

"뭐, 뭐?"

배심원단의 빨간 불이 파란 불로 바뀌어갔다. 흥분한 김남우가 소리쳤다.

"지금 장난해? TV를 보면서 울지 않았다는 이유로 내가 죽어야 한다고?"

띠링 띠링 띠링!

[3! 2! 1! 그만! 어디 보자, 빨간 불 33 대 파란 불 67! 총 17분이 마음을 바꾸셨습니다!]

"이, 이… 이!"

분노한 김남우가 화를 내기 전, 사회자가 먼저 입을 열었다.

[지금 여기서 화를 내시는 게 과연 이로운 행동일까요?]

김남우는 딱딱하게 굳은 얼굴로 뒤로 한 걸음 물러났다. 이를 악물며 침묵하는 김남우. 사회자는 싱긋 웃으며 정재준을 돌아보았다.

[자, 이번엔 정재준 님의 차례입니다! 그럼, 정재준 님의 첫 번째 증거!]

정재준의 얼굴에 긴장감이 돌았다. 정재준 역시 지난 한 달간 최선을 다해 착하게 살았지만, 김남우의 경우를 보니 긴장하지 않을 수가 없었다.

[정재준 님은 5일째 되는 날 저녁, 집으로 돌아오는 골목길에서 아이들이 모여 앉아 있는 모습을 보셨군요. 아이들은 박스에 버려진 아기 고양이들을 귀여워하고 있었습니다. 오, 저런! 정재준 님은 귀여

운 아기 고양이들을 보셨는데도, 걸음을 늦추지 않고 그대로 집으로 향하셨군요?]

정재준의 낯빛이 어두워졌다. 아니나 다를까,

[마음이 바뀐 배심원분들은 지금부터 10초 안에 버튼을 눌러주세요! 10! 9! 8!]

띠링! 띠링 띠링 띠리리링!

배심원단의 파란 불이 빨간 불로 바뀌어갔다.

[여기까지! 어디 보자, 빨간 불 44 대 파란 불 56! 총 11분이 마음을 바꾸셨습니다! 오, 그래도 여전히 정재준 님이 우세합니다!]

"…"

정재준은 배심원들에 대한 감정을 드러내지 않으려 애썼고, 김남우는 조용히 이를 악물었다.

[자, 그럼 이번엔 김남우 님의 두 번째 증거를 제시하겠습니다! 21일째 밤! 김남우 님은 친구와 전화 통화를 하다가 그 친구가 장염으로 입원하게 된 사실을 알게 되셨군요?]

"음!"

김남우는 내심 나쁘지 않다고 생각했다. 전화 통화로 걱정의 말도 건넸고, 병문안도 다녀왔기 때문이다. 한데,

[보자, 다음 날 병문안 가기로 약속도 하셨고… 오, 이런! 전화를 끊자마자 바로 컴퓨터게임을 하셨군요?]

"뭐?"

사회자의 말에 김남우가 어이없다는 듯 고개를 갸웃했다. 그게 왜?

띠링! 띠링! 띠링 띠링! 띠링!

"뭐, 뭐야?"

[자, 10초 끝! 여기까지! 빨간 불 37 대 파란 불 63! 총 7분이 마음을 바꾸셨습니다!]

김남우는 도저히 참을 수 없어, 변심한 배심원들을 향해 소리쳤다.

"이 뭐, 무슨 말도 안 되는… 제정신이야? 당신들 버튼에 사람 목숨이 달려 있다고!"

[…]

그러나 배심원들은 침묵을 지킬 뿐이었다. 곧 사회자가 나서서 김남우를 진정시켰다.

[자, 김남우 님. 자꾸 상황을 악화시키는 행동은 자제하시는 게 좋을 것 같고요. 말 그대로 목숨이 달려 있으니까요!]

"…"

[자, 그럼 얼른 다음으로 넘어가서, 정재준 님의 두 번째 증거를 제시하겠습니다! 정재준 님은… 17일째 낮에… 마트에 들르셨군요? 오! 운 좋게도 마지막 남은 감자 과자를 쇼핑 카트에 담으셨어요! 인기가 좋아서 구하기 힘든 과자인데 말입니다!]

정재준은 전혀 생각도 안 나는 사소한 일이었지만, 마음 한편이 불안해졌다.

[그렇게 마트를 한 바퀴 돌고 다시 과자 코너 쪽을 지나시는데, 어

라? 한 소녀가 엄마 손을 붙잡고 울고 있네요? '감자 과자! 감자 과자!' 하며 울고 있군요? 그런데 오, 이런! 그대로 카트를 밀고 지나쳐 버리셨어요! 아이에게 과자를 양보하면 좋으셨을 텐데 말입니다.]

"흠…"

정재준의 신음이 낮게 흐르고, 사회자의 카운트다운이 시작됐다.

띠링! 띠링띠링 띠리리링!

[2! 1! 여기까지! 어디 보자… 오! 빨간 불 46 대 파란 불 54! 거의 다 따라잡았어요! 이것 참 흥미진진한데요? 하하.]

정재준의 얼굴이 굳어지고, 김남우의 얼굴이 조금은 침착해졌다.

[자! 그럼 다음은 김남우 님의 마지막 증거를 제시…]

"잠깐! 왜 항상 내가 먼저야? 마지막 정도는 저놈 먼저 하자고! 공평하게 말이야!"

[음? 정재준 님, 동의하십니까?]

“동의고 뭐고, 내가 벌써 두 번 양보했잖아!”

“…그냥 그렇게 합시다.”

[알겠습니다! 그럼, 정재준 님의 마지막 증거를 제시하겠습니다. 정재준 님은 25일째 밤, 어머님께 전화를 받으셨군요.]

정재준의 얼굴이 새하얗게 질렸다. 이번엔 어떤 얘기일지 짐작 가는 일이 있었던 것이다.

[혼자된 지 오래되신 우리 어머니, 주저주저하다가 고백을 하셨어요! 만나는 남자가 있는데 괜찮겠냐고 말입니다. 단 1초도 고민하지 않고 괜찮다고 대답했네요? 그래도 걱정이 된 어머님이 재차 물으셨지만, 곧바로 ‘괜찮으니까, 됐어’라고 답했군요? 하지만 말입니다. 사실, ‘괜찮다’가 아니라 ‘상관없다’였지요? 그때 정재준 님의 머릿속에는 딱 한 가지 생각, 라면이 불기 전에 어서 전화를 끊고 싶다는 생각뿐이지 않았습니까? 아이고, 이런이런…]

“…”

[자, 배심원 여러분, 갑니다! 10! 9! 8!]

띠링! 띠링 띠링 띠링! 띠리리리리리리리링!

[역전! 역전! 대역전입니다! 빨간 불 71 대 파란 불 29! 대역전이에요!]

마치 흥미진진한 게임을 중계하듯, 과장되게 환호하는 사회자를 보며 정재준은 이를 갈았다. 반면 김남우의 얼굴빛은 조금씩 상기되어갔다.

[이야, 이거 흥미진진합니다! 이 스코어를 뒤집기는 힘들 것 같은데, 과연 마지막 남은 김남우 님의 증거가 또다시 역전 드라마를 만들 것인가!]

"음…"

[자, 그럼 김남우 님의 마지막 증거, 제시합니다! 오! 첫째 날 밤이로군요?]

"?"

[응? 하하하. 이런! 첫째 날 밤, 김남우 님이 인터넷으로 검색을 하셨네요? 검색 내용은 이렇습니다. 만약 가상현실 세계에서 다른 인격을 살해하면 그 인격이 사라지나요? 하하하하하하!]

"그, 그건…"

김남우의 안색이 새하얗게 질렸다.

[저희 회사 입장에선 무척 곤란하네요, 김남우 님. 아시다시피 저희 가치 재판 서비스는, 다중 인격 치료를 목적으로 하는 의료기 인증 가상현실 서비스입니다. 그런데 그곳에서 다른 인격을 직접적으로 죽이겠단 생각을 품으시다니… 이거, 참! 하하하.]

"아, 아니! 그런 게 아니라! 그냥 검색만 해본 것뿐입니다! 궁금해서! 단순한 호기심에!"

[제가 답해드리죠. 가상현실 속에서 한 인격이 다른 인격을 살해한다고 해도, 그 인격이 사라지진 않습니다. 다중 인격 치료의 유일한 방법은 하나의 인격만 로그아웃해서 육체로 돌아가고, 나머지 인격은 영원히 가상현실 속에서 사는 것! 그것뿐입니다.]

"나, 나도 그럴 거라 생각했습니다! 나는 진짜 단순한 호기심에 그냥!"

[그래요, 단순히 호기심으로 검색해본 것뿐이다… 그럼, 배심원분들의 생각은 어떤지 한번 물어볼까요? 자, 배심원 여러분! 지금부터 카운트다운…]

"자, 잠깐! 잠깐만!"

김남우가 다급히 배심원들을 향해 소리쳤다.

"잠깐, 잠깐만! 쉬, 쉽게 생각하지들 말라고! 당신들은 집에서 마우스 클릭을 할 뿐이지만, 이건 한 사람의 목숨이 달린 문제라고! 뭐? 〈인간극장〉을 보고 안 울었다고 버튼을 눌러? 입원한 친구 전화를 받고 바로 게임을 했다고 버튼을 눌러?"

[…]

"한번 물어보자고! 〈인간극장〉을 보고 눈물을 흘리지 않은 사람은 언제든지 죽어도 된단 말이야? 친구가 아프단 소식을 듣고도 바로 게임을 하는 사람은 언제든 죽어도 된단 말이야? 어? 제발 생각 좀 하고 결정하라고! 클릭질 한 번에 사람 목숨이 달렸다고!"

정재준은 설쳐대는 김남우를 내버려두었다. 괜히 나섰다가 배심원들의 눈 밖에 날 수도 있었고, 내심 김남우가 떠들어대는 말에도 공감이 갔기 때문이다. 고양이를 귀여워하지 않았단 이유는 뭐고, 마트에서 마지막 과자를 집었단 이유는 또 뭔가? 그런 것에 불빛을 바꾸는 저들은 또 뭔가? 인간이 인간의 목숨을 가르는 기준이라고 하기엔 너무나도 어처구니없었다.

[다 떠드셨나요, 김남우 님? 자, 그럼 배심원 여러분! 마지막 카운트다운을 시작하겠습니다. 10! 9! 8!]

띠링 띠링! 띠링띠링띠링! 띠리리리리리리리리리리리링!

"악! 야, 이 개새끼들아! 악! 아악! 이 씨발!"

빠르게 바뀌어가는 불빛들을 바라보며 김남우는 절규했다. 그러거나 말거나,

[2! 1! 끝! 이거 굳이 셀 필요도 없을 것 같지만… 빨간 불 19 대 파란 불 81! 오늘의 가치 재판은 정재준 님의 승리로 종료되었습니다!]

"악! 아악! 이 씨발!"

김남우는 당장 사회자를 향해 달려들었지만, 어느새 철창이 소환되어 김남우를 가두었다. 사회자는 발악하는 김남우를 무시하고, 정재준을 향해 말했다. 정재준이 지난 한 달간 가장 듣고 싶어 했던 그 말을 말이다.

[자, 그럼 정재준 님. 본인의 육체로 로그아웃하시는 걸 허락합니다.]

"아아!"

천장에서 빛의 기둥이 내려왔고, 정재준이 로그아웃했다. 100명의 배심원들도 하나둘씩 로그아웃했다.

남겨진 김남우는 철창을 두들기며 그들을 욕하고 악을 써댔지만, 끝내 남겨지는 건 사회자와 김남우 둘뿐이었다.

[김남우 님! 이곳 가상현실 세계도 정을 붙이면 그리 나쁘지 않아요. 어차피 영원히 로그아웃할 수 없다면, 즐기기라도 해야 하지 않겠습니까? 하하하하.]

"야, 이 개새끼야!"

[혹, 정재준 님이 김남우 님을 불쌍히 여겨 프리미엄급 계정이라도 넣어주시면 이곳에서 왕처럼 지내실 수도 있을 겁니다. 하하. 물론, 그래 봐야 가짜겠지만. 김남우 님이 가짜이듯이 말이죠.]

"내가 진짜야! 내가 진짜라고! 정재준 그놈이 내 가짜 인격이라고!"

[그건 김남우 님이 정하시는 게 아니죠. 배심원분들이 정하시는 거지. 하하하.]

그의 일대기

자살 모임 SNS는 낚시인 줄 알았다. 실제로 이렇게 사람들이 모일 줄은 몰랐다.

"안녕하세요."
"네, 안녕하세요."

우리 네 사람은 모텔 방에 앉아 어색하게 자기소개를 한 뒤, 챙겨 온 소주를 땄다.

40대로 보이는 아저씨가 종이컵 소주잔을 돌렸다.

"역시 맨정신에는 좀 힘들겠죠? 일단 좀 마십시다."

36살인 내가 말했다.

"그렇네요. 맨정신에는 좀… 아, 근데 학생들은? 술 괜찮나?"

20대로 보이는 청년이 잔을 앞으로 내밀었다.

"아, 저는 술 괜찮아요. 주세요."

중학생 정도로 보이는 소년이 과자를 집어 먹으며 말했다.

"저는 과자만 먹으면 돼요."

이렇게 보니 자살 모임이라기보다는 그냥 평범한 동호회의 정모 같았다. 이들 모두 오늘 죽을 사람들이라니, 기분이 이상했다.

술잔이 한 차례 돈 뒤, 중년 사내가 물었다.

"죽기 전에 왜 죽고 싶은지 이야기나 한번 해봅시다. 그래야 죽어서도 억울하지 않지. 여러분은 뭐 때문에 죽으려는 겁니까?"

"…"

서로를 돌아보던 시선이 어린 소년에게로 집중됐다. 가장 궁금하긴 했다. 그 나이에 어떤 일을 겪었길래 이런 결심까지 하게 된 걸까?

"저는요…"

소년은 창피해하며 고개를 숙이고는, 작은 목소리로 말했다.

"아무도 없는 줄 알고 야동을 크게 틀어놓고 보다가… 가족한테 들켰어요…"

…응?

"가족들 볼 면목이 없어서… 죽기로 결심했어요…"

뭐라고? 아니, 지금 그러니까… 뭐? 지금 저딴 이유로 자살을 하겠다고?
어이없는 이야기였다. 그런데 세상에,

"아이고, 저런. 정말 죽고 싶었겠구나."
"끔찍한 일을 겪었네."

다른 두 사람이 긍정하며 고개를 끄덕이는 게 아닌가!

"아니아니! 잠깐, 잠깐만요!"
"음?"

"네?"

내 다급한 외침에 모두가 의아하다는 얼굴로 날 돌아보았다. 당신들, 지금 그런 표정 지을 때가 아니잖아!

"이상하잖아요! 뭘 납득하고 그래요? 이, 이봐, 학생! 겨우 그런 이유로 자살하겠다고?"

"네?"

"아니아니, 그깟 이유로 자살하면 안 되지!"

"아… 그럼 안 되나요?"

그럼 안 되냐니! 장난해?

"당연하지! 그 정도는 그냥 죽고 싶다고 농담으로 말할 정도의 일이지, 정말로 죽을 일은 아니라고!"

"아… 그래도 가족 볼 면목이 없어서…"

"그게 무슨 바보 같은 소리야! 아니, 지금 학생이 느끼는 그 감정이 어떤 감정인지는 충분히 알겠는데, 그게 그렇게 심각한 일은 아니야!"

"네? 그래도 가족이 저를 어떻게 생각할지…"

"학생이 어떤 짓을 했든 간에, 학생 가족은 절대 학생을 부정하지 않아! 오히려 그깟 일로 자살하면, 그거야말로 가족에게 면목 없는 짓이야!"

"아… 그럴까요?"

소년은 흔들리는 듯했고, 나는 얼른 다른 사람들을 돌아보며 동의를 구했다.

"당연하지! 두 사람도 그렇게 생각하죠? 이 학생은 절대 자살하면 안 돼요! 그렇죠?"

"으음. 듣고 보니 그렇군! 자네 말이 맞네. 학생은 여기에 어울리지 않는 것 같구먼."

"그래. 생각해보니까 너는 자살하면 안 될 것 같아."

"아…"

소년은 말없이 바닥을 바라보다가 이내 고개를 끄덕였다.

"무슨 말인지 알겠어요. 맞아요. 우리 가족은 저를 부정하지 않을 거예요! 감사해요!"

"그래그래!"

소년의 결심에 우리는 크게 기뻐했다. 자살 모임에서 자살을 말리는 게 이상해 보이긴 했지만, 저딴 이유로 자살하는 건 정말 아니었다. 한데 이제부터 저 소년을 어떻게 해야 하나, 조금 난감해졌다. 소년 앞에서 우리끼리 자살을 할 수도 없지 않은가?

나는 고민했지만, 나머지 사람들은 별생각이 없는지 부지런히 술잔만 돌렸다. 그러다가 곧, 20대 청년이 침울한 얼굴로 입을 열었다.

"저는 정말로 자살밖에 답이 없어요…"

우리는 다시 무거운 얼굴이 되어 그의 말에 집중했다.

"사랑하던 여자가 있었어요. 중학교 때부터 친구 사이였던 그 애와는 대학교에 들어와 2년 정도 연애하다가 헤어졌어요. 그래도 중학교 때부터 뭉쳐 다니던 친구들 중 한 명이라, 헤어진 뒤에도 계속 친하게 지내고 있었죠. 그런데…"
"그런데?"
"그 친구가 얼마 전에 결혼을 했어요. 전 남자 친구이기는 하지만 오히려 다른 친구들보다 더 축하해주고, 축의금도 20만 원이나 내고 왔죠. 그런데… 축의금 봉투가 바뀌었다는 사실을 뒤늦게 알게 되었어요. 관리비용으로 따로 챙겨두었던 그 봉투에는… 만 8천 원이 들어 있었어요."
"음?"

청년은 일그러진 얼굴로 소리쳤다.

"친구들 모두가 알겠죠! 제가 축의금으로 만 8천 원만 냈다는 사실을요! 친구들이 저를 뭐라고 생각하겠어요? 전 여자 친구의 결혼식 날에 축의금 만 8천 원을 낸 저를요! 창피해서 정말! 하… 그래서 전 자살하기로 결심했어요.”

“엥?”

아니, 잠깐만… 뭐? 축의금으로 만 8천 원을 냈다고 자살하겠다고? 진짜야?

“그거 정말 괴롭겠구먼. 자살하고 싶겠어.”

“세상에, 정말 죽고 싶겠네요, 형.”

아니, 이 사람들은 또 뭘 수긍하고 있는 거야?

“아니아니! 잠깐, 잠깐잠깐! 잠깐만요!”

“네?”

“이봐요! 지금, 뭐, 그깟 일로 자살하겠다는 겁니까? 축의금 만 8천 원 때문에?”

“그깟 일이라니요? 얼마나 창피한데요! 그 기분이 어떨지 짐작이나 가세요?”

청년의 얼굴은 너무나 진지했다. 그러니까, 이게 진짜라고 지금? 이런, 미친!

“아니아니, 누가 그런 일로 자살을 해요? 그게 뭐라고! 축의금을 잘못 냈다고 말하고서 다시 주면 되지!"
"이미 시간이 많이 흘렀다고요! 결혼식 날에 모인 저희 친구들 사이에 소문이 다 퍼졌을 거라고요! 축의금을 다시 준다고 해도, 그 소문을 다 주워 담을 수 있겠어요?"
"뭐, 이런…"

정말 가슴이 답답했다.

"다 주워 담지 못하면 또 어때? 살면서 몇 번이나 만날 사이라고! 그냥 아는 사람들만 알아주면 되는 거지! 무슨 그깟 일로 자살을 말합니까?"

나는 화가 날 지경이었다. 내 격한 반응 때문인지, 청년도 조금 저자세로 말했다.

"그래도 진실을 모르는 사람들한테 나는 찌질남이 되어 있을 텐데…"
"그러니까! 그게 뭐 어쨌다고! 이봐, 잘 들어요! 그런 사람들은 당신한테 그렇게 신경 안 써요! 당신한테 관심 자체가 없어요, 관심이!"
"아…"
"아니, 신경 쓴다고 쳐도! 몇 번 볼 일도 없는 그런 사람들이 어떻게 생각하든 말든, 그깟 게 뭐 큰일이라고 자살을 합니까?

오히려 그깟 일로 자살했다는 이야기가 사람들한텐 더 우스울 거라고요! 다들, 안 그래요?"

내 말에 다른 두 사람이 고개를 끄덕였다. 청년도 깊게 생각하는 듯하더니, 이내 고개를 끄덕였다.

"듣고 보니 정말 맞는 말씀이시네요… 예, 맞아요. 제가 생각하는 것만큼 사람들이 저한테 관심이 있을 것 같지 않네요. 그냥 가까운 애들만 알아주면 될 일이었어요."

"그래그래! 아, 그렇다니까요!"

청년은 자살을 철회했고, 우리는 기쁘게 고개를 끄덕였다. 근데 모양새가 참 이상해졌다. 자살 모임에서 두 명이나 구조되다니. 상황이 이렇다 보니 모임의 정체성도 모호해졌다. 남은 두 사람이 무사히 자살할 수 있는 분위기인가, 이게?

나는 조금 난감해진 얼굴로 남아 있는 40대 아저씨를 쳐다보았다. 그러자 그가 내 시선을 오해했는지, 자기 사연을 말하기 시작했다.

"제가 자살을 결심한 이유는… 휴."

"아, 예."

"제가 정말 사랑으로 몇 년을 키운 구관조가 있습니다. 그런데 이 구관조가 집에 놀러 온 친구를 너무 잘 따르지 뭡니까? 그래서 친구와 제가 양쪽에서 구관조를 부르며 이리 오라고 테스트를 해봤는데… 100이면 100, 모두 친구에게 날아갔습니다. 제 사랑을 배신당한 거죠… 그래서 저는 자살을 결심했습니다."

"엥?"

진지하게 듣고 있던 나는 한순간 멍해졌다. 구관조가… 뭐? 지금 무슨… 뭐?

"와, 정말 가슴 아프셨겠네요."

"배신감이 크셨겠어요."

"…"

나는 이제, 더 놀랄 기운도 없었다. 이 세 사람은 도대체 자살을 뭐라고 생각하는 걸까? 혹시 정신이 어떻게 된 걸까?

"잠깐, 잠깐만, 잠깐만요, 제발 좀! 제발!"

나는 더 참지 못하고 고함을 질렀다.

"뭐라고요? 구관조 때문에 자살을 하시겠다고요?"

"예. 정말 그때만 생각하면, 지금도 가슴이 찢어집니다."

"뭐라는 거야, 진짜! 아저씨, 미쳤어요? 진짜 왜 그러세요, 정말!"

"예?"

"그게 뭐라고, 뭐 어쨌다고 자살을 해요! 구관조가 딴 데로 날아갈 수도 있는 거지! 누가 미쳤다고 그딴 걸로 자살을 해요!"

내 말에, 그는 얼굴이 시뻘게져서 열변을 토했다.

"무슨 그런 말씀을! 사랑을 배신당한 그 마음을 아십니까? 제가 구관조를 얼마나 애지중지했는데! 분명 우린 서로 교감한다고 생각해왔단 말입니다! 그것도 몇 년이나! 그런데 모든 게 거짓이었습니다! 그 배신감과 충격을 당신이 아느냔 말입니다!"

"…"

나는 정말 머리끝까지 화가 났다. 이 미친, 이 미친 사람들은 도대체가!

"무슨 개소리야, 진짜!"

"…"

"아니, 그깟 구관조, 그 새 대가리가 날 사랑하지 않을 수도 있는 거지, 그게 뭐라고! 그게 뭐라고 자살을 합니까? 네? 그리고 내가 사랑을 줬다는 것에 만족하면 그만이지, 구관조 따위에게 사랑 좀 못 받는다고 세상이 무너져요? 예? 자살은 개뿔! 그냥 집으로 돌아가요! 집으로 돌아가서 앞으로는 구관조한테 먹이도 싸구려 주고! 너 못생겼다고 말도 해보고! 배신자라고 욕도 하고! 예? 구관조 따위한테 목매달지 말고 자기 인생을 살라고요!"

나는 숨이 찰 정도로 내 감정을 토해내버렸다. 그러자 그는, 비 맞은 구관조처럼 고개를 푹 숙였다.

"드, 듣고 보니 맞는 말씀이십니다. 사랑이 항상 쌍방향일 순 없는데… 내 사랑이 아까워 그런 마음이 들었나 봅니다. 휴, 감사합니다. 말씀하신 대로 집으로 돌아가서 그놈한테 너 못생겼다고 욕 좀 해줘야겠습니다. 그러면 속이 좀 풀릴 것 같습니다."

"그래요, 그래!"

나는 그래도 말귀를 알아듣는 그를 향해 크게 고개를 끄덕였다. 한데, 정신을 차리고 생각해보니…

"…"

이게 무슨 자살 모임이야? 자살하자고 모인 사람 넷 중에 셋이나 거지 같은 이유로 자살을 결심했었다니.

"허."

나는 어이가 없어서 할 말을 잃었다. 과연 내가 자살할 수 있을까? 이 분위기에서는 누가 봐도 실패다. 이 상황에서 무슨 자살을 할 수 있겠는가?

내가 씁쓸해하고 있을 때, 세 사람이 갑자기 나를 보았다.

"그런데 당신은 왜 자살을 결심했습니까?"

"그래요. 궁금하네요. 무엇 때문에 자살하려고 하시나요?"

"맞아요! 형은 왜 죽으려고 해요?"

"아…"

그들의 시선에, 나도 내 자살 이유를 들려줘야 할 것 같았다. 내가 자살을 하려던 이유는… 음? 뭐였지?

"어라? 아, 잠깐만요."

내가 자살을 하려던 이유가… 이유가… 그 이유가… 아! 맞아!

나는 이들과는 비교할 수 없는 진짜 이유가 있었다.

"결혼까지 약속한 여자가 있었는데… 알고 보니 꽃뱀이었습니다."

"아이고, 저런!"

"정말 바보같이 당했습니다. 그녀는 사업을 핑계로, 병을 핑계로, 결혼식을 핑계로 제게 돈을 요구했습니다. 바보 같은 저는

다 펴 주었죠. 저축한 돈도 펴 주고, 대출 받아서 펴 주고, 나중엔 부모님까지 속여가며 돈을 펴 줬습니다. 그것도 모자라 친구들한테까지 손을 벌리고… 친구들이 이건 아닌 것 같다고 말해줘도 귀를 닫고선 듣지 않았습니다. 정말 어리석었죠."

"아유."

"그녀가 갑자기 도망을 간 뒤에야 알았습니다. 모든 게 거짓이었다는 것을… 저는 정말 머저리였습니다."

"쩝."

"이제 저는 정말로 자살밖에 답이 없습니다. 가족 볼 면목도 없고… 주변엔 병신이라고 소문도 다 나고… 그렇게 믿었던 사랑에 배신당한 충격으로 잠도 이룰 수 없고…"

그래. 나는 죽어야 했다. 이들 중 유일하게 자살해야 할 사람이 있다면 그건 바로 나였다. 한데?

"에이, 무슨 그깟 일로 자살을 결심합니까?"

"난 또 무슨 큰일이라고! 그깟 게 뭐라고! 자살할 일도 아니네요!"

"그런 걸로 자살하면 세상에 살아도 될 사람이 얼마나 있겠어요! 형, 엄살이 심하네요!"

"예?"

이 사람들이 지금 무슨 소리를 하는 거야?

"뭐라고요? 그, 그깟 일이라니? 제가 얼마나 고통스러운데! 당신들이 뭘 안다고 그런 소리를 합니까? 당신들이 제 기분을 압니까?"

"왜 몰라요? 우린 다 알죠."

"뭐?"

안다고? 당신들이?

소년이 웃으며 말했다.

"형이 가족 볼 면복 없는 거, 다 알아요. 그렇지만 형의 가족은 그런 일로 형을 부정하지 않아요. 무슨 일이 있어도 형의 가족은, 형의 가족이에요."

"…"

20대의 청년이 웃으며 말했다.

"주변에 소문나고 손가락질받는 거? 별거 아니에요. 그 사람들은 형한테 별로 관심도 없어요. 그냥 형이 자기 마음을 알아주었으면 하는 사람들만 알아주면 되는 거죠."

"…"

40대의 아저씨가 웃으며 말했다.

"사랑에 배신당했을 땐 그냥 욕이나 합시다. 그깟 여자, 별것도 아니잖습니까? 그 여자 때문에 죽을 가치가 있습니까? 욕이나 한번 하고, 그냥 내 인생 살면 되는 거지."

"…"

나는 갑자기 이상한 감정이 들었다. 저들의 가벼운 설득에 왜 이렇게 마음이 흔들리는 걸까? 왜 다 맞는 말 같은 걸까?

난 그들에게 뭐라 반박해야 할지 알 수 없었다. 그들은 씩 웃으며 말했다.

"이제 보니 이 모임에 자살할 사람이 한 명도 없었네?"

"이렇게 된 거, 그냥 잠이나 자고 집에 갑시다."

"그래요. 한숨 푹 자고 집에 가면 되겠네요."

"…"

이상했다. 정말 이상했지만, 그들의 말을 듣고 있자니 왠지 잠이 왔다. 정말로 잠이 쏟아졌다.

⋮

"으…"

아침이었다. 어젯밤의 숙취가 머릿속을 찡하게 울렸다. 한데,

"뭐야?"

방에 아무도 없었다. 모두 어디로 간 거지? 나만 두고 아침에 떠난 걸까? 그렇다면 조금 섭섭한 일이다.

그렇다고 해도 뭐, 별수 없는 일. 나는 좀 더 기다려보다가 대충 씻고서 방을 나섰다. 그리고 모텔을 나가기 전, 카운터에 물었다.

"저기, 어제 저랑 같이 온 사람들은 아침에 다 나갔나요?"

카운터 직원은 나를 알아보는 눈치였다. 한데,

"네? 어제 혼자 오셨는데요?"
"예? 혼자요?"

무슨 소리야?

"예, 제가 정확히 기억합니다. 어제 손님이 혼자 소주 봉지를 들고 들어가셔서 걱정이 좀 돼가지고… 무슨 일 날까 봐 말입니다. 하하."

무슨 말이야? 내가 혼자였다고?

"제가 혼자였다고요? 네 명이 온 게 아니라요?"

"네."

"아니, 그, 다른 사람들 없었어요? 중학생 정도 되어 보이는 남자애랑, 20대 청년이랑, 40대 아저씨랑…"

"없었는데요?"

"예? 아니, 분명히 넷이었다고요! 그 사람들이랑 같이 들어갔는데?"

직원은 정말 모르는 눈치였다.

"누구를 말씀하시는 건지… 그 사람들이 누군데요?"

"누구라니? 그 사람들은요! 그 사람들이 누구냐면요!"

"?"

"…"

나는 눈살을 찌푸리며 기억을 떠올리려 애썼다. 그들이 누구였더라? 우리가 맨 처음에 뭐라고 자기소개를 했더라?

아! 아아아아!

생각났다. 다 생각났다. 모두 기억이 났다.

중학생 소년이 말했다.

[안녕하세요. 제 이름은 김남우예요.]

20대 청년이 말했다.

[안녕하십니까? 제 이름은 김남우입니다.]

40대 아저씨가 말했다.

[반갑습니다. 저는 김남우라고 합니다.]

그리고, 내가 말했다.

[저는 김남우입니다…]

아아…

"손님? 그 사람들이 누군데요?"
"…"

카운터 직원의 질문에, 나는 대답했다.

"그 사람들은… 김남우입니다. 자살 따위는 절대 하지 않는 사람이죠."

"예?"

나는 뒤돌아서 모텔을 나섰다. 날씨가 좋았다. 가서 못생긴 구관조나 한 마리 사야겠다.

김남우, 김남우, 김남우

김남우가 물었다.

"복제 인간과 진짜 인간을 구별하는 방법을 아는 사람?"

다른 김남우가 대답했다.

"글쎄? 기억나질 않아. 기억상실 때문에 그런 건지, 아니면 그런 방법이 없어서 그런 건지는 잘 모르겠지만."

또 다른 김남우가 다시 물었다.

"그렇다면 우리들 중 누가 진짜 인간이지?"

"…"

"…"

셋 중 아무도 대답을 못 했다. 똑같은 얼굴, 똑같은 몸을 가진 김남우들은 침울한 얼굴로 서로를 돌아보았다.

⋮

자원 채굴용 소형 우주선 다이아 3호.

예기치 않은 우주 쓰레기와의 충돌로 다이아 3호는 큰 파손을 입게 되었고, 그때의 충격으로 동면 중이던 김남우들이 강제로 깨어나버렸다. 강제 동면 해제의 부작용으로 셋은 기억상실 상태가 되었고, 그 때문에 머리끝부터 발끝까지, 하물며 복장마저 똑같은 서로를 보며 이 상황을 추리해야만 했다.

그들이 아는 것이라고는 조종석에 쓰여진 김남우라는 이름과, 자신들이 이 채굴용 우주선을 무의식적으로 다룰 수 있다는 사실뿐이었다. 또 하나, 복제 인간이 우주 자원 채굴용으로 흔히 쓰인다는 기본 상식과 함께 말이다.

충돌 탓에 우주선의 상태는 좋지 않았지만, 자동 위기관리 시스템이 발동하여 파트 분리 후 알아서 지구로 귀환하는 중이었다. 문제는 식량이었다. 하필 모든 생필품이 파트와 함께 떨어져 나갔고, 비상식량은 단 한 명만이 아슬아슬하게 생존 가능한 양

뿐이었다.

그들은 한데 모여앉아 방법을 논의했고, 한 가지 결정을 내렸다.

"우리 셋 중, 복제가 아닌 진짜 김남우가 살기로 하자."

다행히 우주 미아를 위한 자살용 비상 알약이 우주선에 항상 배치되어 있었고, 그걸 먹으면 아픔 없이 편안히 죽을 수 있었다.

그들은 셋 모두 복제 인간일 가능성을 제일 먼저 떠올렸다. 하지만 그 의견은 가장 먼저 묵살되었다. 적어도 희망은 가지고 싶었다.

"어떻게 복제 인간과 인간을 구별하지? 혹, 자신이 인간이라고 생각하는 사람?"

"…"

"…"

의외로, 셋 중 누구도 자신 있게 손 들지 못했다. 곧 질문이 바뀌었다.

"그럼 도대체 어떤 걸 기준으로 인간이라 판단해야 하지?"

그 질문엔 한 명씩 돌아가며 자신의 생각을 말했다.

"일단 착해야 하지 않을까?"

"글쎄, 그건 아닌 것 같은데? 인간이 모두 착하진 않잖아?"

"혹 그것이 맞다고 쳐도, 우리가 착하게 살아왔는지 어떤지 어떻게 알 수 있겠어?"

이 질문으로는 알 수 없었다.

"그럼 말이야, 인간끼리 관계를 맺어야만 인간인 건 아닐까? 가족 관계, 친구 관계 같은 관계 말이야."

"글쎄, 관계를 맺어야만 인간인 건 아닌 것 같은데? 무인도에 떨어지더라도 인간은 인간이잖아?"

"혹 그것이 맞다고 쳐도, 우리가 어떤 관계를 맺었었는지 아무도 기억하지 못하잖아?"

이 질문으로도 알 수 없었다.

"그럼 이건 어때? 세상에 무언가를 남겨야만 인간인 건 아닐까? 작품을 남기든, 성공해서 이름을 남기든, 하물며 후손을 남기든 말이야."

"글쎄, 꼭 무언가를 남겨야만 인간인 건 아닌 것 같은데? 태어나자마자 죽더라도 인간은 인간이잖아?"

"혹 그것이 맞다고 쳐도, 지금 당장 우리가 이곳에서 무엇을 남길 수 있겠어?"

이 질문으로도 알 수 없었다.

"그럼 이건 어때?"
"이건? 이거는?"
"그럼 이거는? 이거는…"

셋은 서로를 향해 끝없이 질문을 던졌지만, 도저히 인간의 기준을 찾아낼 수 없었다. 결국 그들이 내린 결론은…

"인간은 그냥 인간이라서 인간이네. 다른 이유가 없어."
"인정해."
"그럼 우리는? 우리 중 하나가 인간이란 걸 증명할 수 있는 방법이 단 하나도 없는 거야?"

셋의 머릿속에 애써 지워뒀던 한 가지 가능성이 떠올랐다. 그러나 이내 고개를 흔들어 부정했다. 희망을 잃고 싶지는 않았다.

"그냥 차라리 3일 안에 먼저 기억을 되찾는 사람이 살아남기로 하자. 어쩌면, 기억이 있어야만 인간인 건지도 모르지."

그때부터 셋은 3일 동안 각자의 방법대로 기억을 되찾으려고 애썼다.

김남우는 종이에 단어를 하나씩 써놓고 그 단어와 관련된 추억거리가 있는지 끝없이 궁리했다.

다른 김남우는 그럴듯한 이름들을 마구잡이로 지어내어 소리 내 말해보았다.

또 다른 김남우는 조금 무식한 방법이긴 하지만 머리에 충격을 주거나, 좁은 우주선 내부를 빙글빙글 달려보았다.

하루가 지나고, 이틀이 지나고, 사흘째 되는 날, 김남우가 소리쳤다.

"그네!"

"그네?"

"그네가 기억나! 우리 동네에는 놀이터도 아닌 골목길에 그네가 하나 있었어! 담장 위 나뭇가지에 매어둔 줄이 자주 풀리는 바람에 다쳤던 기억이 나!"

김남우는 자신의 머릿속에 기억이 남아 있다는 사실에 희열했다. 한데,

"아… 맞아! 줄이 자주 풀리는 바람에 다쳤던 기억이 나!"

"맞다! 줄이 자주 풀려서 다쳤던 기억이 나!"

"…"

셋 모두 똑같은 기억이 있었다. 다른 김남우가 뒤이어 이름 하나를 기억해냈다.

"공치열! 공치열이라는 이름이 기억이 나! 나는 공치열이라는 사람을 알아!"

이번 김남우도 다른 둘의 눈치를 살폈다. 역시나,

"맞아, 공치열! 나도 그를 알 것 같아!"
"그래, 맞아. 공치열! 나도 분명히 기억하는 이름이야!"
"…"

이번에도 셋 모두 똑같은 기억을 떠올렸다. 살려고 하는 거짓말이 아니라, 셋 다 정말 똑같은 기억이 있었다.
마지막으로 또 다른 김남우가 기억을 하나 끄집어냈다.

"아, 탁구! 탁구를 정말 좋아했어!"

또 다른 김남우는 다른 김남우들의 반응을 기다렸다. 한데?

"…"

"…"

다른 둘은 전혀 기억나질 않는다는 얼굴이었다.

김남우들 사이에 침묵이 흘렀다. 곧, 두 김남우가 말했다.

"아무래도 네가 진짜 김남우인가 보다."

"인정해. 나는 탁구 같은 건 기억나지 않아."

"뭐…"

두 김남우의 말에, 오히려 탁구를 기억해낸 김남우가 당황했다. 순식간에 분위기가 침울해졌다. 김남우들은 각자의 자리에서 한참을 생각에 잠겼다. 곧,

"그러면 네가 살아야겠지. 나는 약을 먹겠어."

"나도 동의해. 나도 약을 먹을게."

"아…"

김남우와 김남우는 자살용 비상 알약을 손 위에 올려놓고, 고개를 끄덕거렸다. 그대로 삼키려는 순간, 나머지 김남우가 소리쳤다.

"잠깐! 잠깐만! 아무래도 너희 중에 진짜 김남우가 있을 것 같아!"

"무슨 소리야?"

"보통 자기 목숨이 걸린 상황이라면 어떻게든 살고 싶어 발악할 거야. 그런데 너희는 날 위해서 기꺼이 스스로를 희생하잖아? 그건 인간이기 때문에 그런 거 아닐까?"

"…"

"…"

"아무리 생각해도 너희 중에 진짜 김남우가 있는 것 같아! 어떻게 이렇게 쉽게 희생할 수 있어? 목숨이 걸렸는데 어떻게 쉽게 양보할 수 있냐고!"

김남우는 김남우들이 죽는 게 정말 싫었다. 한데 알약을 손에 든 김남우들은, 그의 말을 그대로 돌려주었다.

"네 말대로야. 네가 김남우인 게 확실해."

"뭐?"

"넌 가만히 있어도 살아남을 수 있는데 굳이 우리를 생각해서 그런 말을 해주잖아? 그런 마음을 가진 사람이야말로 진짜 인간이 아니고 뭐겠어?"

"뭐…"

"나도 동의해. 네가 진짜가 맞는 것 같아."

말을 끝낸 둘은 망설임 없이 알약을 입에 털어 넣었다.

"아!"

남겨진 김남우의 안타까워하는 얼굴을 바라보며, 둘은 마지막으로 유언을 남겼다.

"부탁 하나만 할게. 만약에 말이야… 어디까지나 만약에… 지구에 도착했을 때, 네가 진짜 김남우가 아니란 사실을 알게 되더라도, 넌 꼭 살…"

쿵! 쿵!

말을 마무리 짓지 못한 김남우들이 줄이 끊어진 인형처럼 쓰러져버렸다.
홀로 남은 김남우의 얼굴이 멍해졌다. 이상하게 눈물이 흘렀다. 무슨 말을 해야 할지 몰라 입은 아무 소리도 내지 못했지만, 눈에서는 자꾸만 눈물이 흘렀다.

지구로 향하는 반년간의 항해 동안 김남우는 끊임없이 생각했다. 내가 인간일까, 복제일까. 인간일까, 복제일까.

⋮

배고픔에 잠이 들었던 김남우가 갑작스러운 우주선의 진동에 눈을 떴다. 우주선이 지구로 막 진입하는 중이었다.

벌떡 일어난 김남우는 안전벨트를 고쳐 매고, 눈을 형형히 빛냈다.

"이제 밝혀지겠지. 내가 인간인지, 복제 인간인지."

곧 흔들림이 멎으면서 무사 착륙을 알리는 신호음이 울렸다. 긴장한 얼굴로 자리에서 일어난 김남우는 우주선 문으로 향했다. 문 밖으로 사람들의 웅성거리는 소리가 희미하게 들려왔다.

김남우는 심호흡을 하고, 천천히 문을 열었다. 너무 밝은 햇빛을 손으로 가로막으며 지구로의 발걸음을 내딛자,

"와아아아아아아!"

수많은 사람들의 함성이 들려왔다.
그리고 그 함성에 이어 스피커에서 들려오는 환영 인사에, 김남우의 몸이 굳어버렸다.

[지구 최초 세쌍둥이 우주 비행사! 김남우, 김남현, 김남지 형제의 무사 귀환을 환영합니다!]

"…"

참 기쁜 일이었다. 김남우도 김남우도 김남우도 모두 인간이었다.

참 슬픈 일이었다. 김남우도 김남우도 김남우도 모두 인간이었다.

범죄 유전자

[피고의 나이가 아직 어리고 초범인 점, 자수를 한 점, 깊이 반성하고 있는 점 등을 고려해, 본 법정은 피고에게 징역 2년 형을 선고하는 바입니다.]

"뭐? 무슨 개소리야!"

휠체어에 앉은 김남우의 상체가 들썩였다. 고작 2년이라니? 내 눈앞에서 아내를 강간한 저 새끼가 고작 2년 형이라니? 어리다고? 초범이라고? 자수했다고? 반성하고 있다고? 김남우의 눈이 돌아갔다.

한데, 판사의 선고는 끝난 게 아니었다.

[추가로 피고의 범죄 유전자 수치 50퍼센트를 고려해 1년을 감형

하여, 최종적으로 징역 1년 형을 선고합니다.]

"뭐? 범죄 유전자?"

눈에 핏발이 선 김남우가 휠체어를 박차고 일어나다 바닥으로 쿵 하고 쓰러져버렸다. 급히 달려온 공치열이 김남우를 부축해 일으켰다.

"형!"
"1년? 고작 1년? 이 씨발 판사 새끼야!"

충혈된 눈으로 울부짖는 김남우는 당장에라도 판사에게 달려들고 싶었지만, 하반신 장애 때문에 그러질 못했다.

피고인석에서 고개 숙이고 있는 그 새끼와 눈이 마주쳤을 때, 그 새끼의 눈에 웃음기가 서리는 듯했다. 김남우는 돌아버릴 것 같았지만 아무런 힘도 없었다.

김남우의 절규가 법정에 울려 퍼졌지만, 바뀌는 건 아무것도 없었다.

⋮

범죄 유전자.

10년 전, 한 학자가 범죄 유전자를 발견했다고 주장했다. 범죄 유전자는 모든 인간이 가지고 있지만 사람마다 그 수치가 다르며, 수치가 높을수록 범죄를 저지르고 싶은 충동에 노출된다고 했다.

처음에 사람들은 학자의 주장을 재밌는 발견 정도로만 치부했다. 범죄 유전자의 수치가 높다고 해서 무조건 범죄자가 되는 것도 아니었고, 낮다고 해서 범죄를 저지르지 않는 것도 아니었다. 사람들은 범죄 유전자를 혈액형별 성격이나 별자리별 성격, 딱 그정도의 잡담거리로만 여겼다.

한데, 범죄 유전자에 대한 인식이 확 뒤바뀌는 사건이 벌어졌다. 굴지의 대기업 회장이 살인 혐의로 법정에 섰을 때, 변호사가 범죄 유전자를 들고나온 것이다.

"김 회장님은 범죄 유전자의 수치가 유독 높아, 무려 30퍼센트나 됩니다. 김 회장님이 범죄를 저지른 건 본인만의 의사가 아닌, 범죄 유전자의 영향이 일정 부분 있었음을 인정해주어야 합니다. 김 회장님의 범죄 유전자 수치 30퍼센트를 고려해, 최종 형량의 30퍼센트를 감형해주시길 요청하는 바입니다."

사람들은 저게 무슨 말도 안 되는 개소리냐며 비웃었다. 한데,

[태어날 때부터 가지고 있는 범죄 유전자는 본인의 의사로 어찌할 수 없는 부분임을 인정하는 바입니다. 본 법정은 변호인의 주장을 받

아들여, 피고인의 형량 30퍼센트 감형을 인정합니다.]

사람들이 받은 충격은 엄청났다. 말도 안 되는 개소리가, 대기업 회장 앞에서는 통했다.

이 대기업 회장의 사건은 나쁜 선례가 되었다. 이후 너도나도 범죄 유전자를 들고나왔다. 법정은 모든 주장을 받아들일 수밖에 없었다. 그때부터 범죄 유전자는 일종의 특권이 되었다. 같은 경범죄를 저질러도 범죄 유전자에 따라 내는 벌금이 달라졌다.

자연스럽게 사람들은 범죄 유전자를 일종의 스펙처럼 여기게 됐다. 아이러니하게도 범죄 유전자의 수치가 높을수록 그 사람의 가치가 높아졌고, 낮을수록 가치가 떨어졌다. 심지어는 태교를 할 때 일부러 범죄 영상들을 챙겨 보는 부모까지 생겼다.

범죄 유전자를 얼마나 가지고 태어나느냐가 인생을 얼마나 편하게 사느냐를 결정짓는다는 소리까지 나올 정도였다.

⋮

"씨발! 좆같은 법! 뭐, 어리다고 감형? 자수했다고 감형? 범죄 유전자 감형? 개 같은 소리 하고 있네!"

"형! 그만 좀 마셔! 형!"

김남우는 공치열이 걱정하든 말든, 연거푸 소주를 마셔댔다. 가슴이 터져버릴 것 같았다. 미쳐버릴 것만 같았다. 머릿속에 그 새끼와의 대화가 자꾸만 떠올랐다.

⋮

[우리 변호사님이 그러시는데, 제 범죄 유전자 수치가 국내 상위 1퍼센트라네요? 이 정도 수치면 자수하는 게 낫다고 하더라고요. 이것저것 다 감형받으면 징역 1년까지 낮출 수 있다고요. 1년 정도면 뭐, 저도 갔다 올 만하거든요? 군대 안 가도 되니까, 그래서 그냥 자수하려고요.]

[뭐, 1년? 이 새끼가 지금!]

[아무튼, 저는 자수하기로 했으니까 잘 부탁드린다고요. 그래서 찾아온 거예요. 뭐 사실은, 아줌마 얼굴도 한번 보고 가려 했는데 안 계시네? 흐흐.]

[이 씨발 새끼야!]

[아이, 뭘 그렇게 흥분하세요? 어차피 아저씨가 하반신 불구라 못 해드리는 거, 제가 아저씨 대신 해드린 건데… 아줌마도 내심 좋았을걸요?]

[이 씨발! 죽여버릴 거야!]

⋮

김남우는 그때까지만 해도 모든 게 그 새끼의 말대로 흘러갈 줄은 몰랐다. 진짜로 고작 1년 형을 받게 될 줄 알았다면, 법정으로 넘길 게 아니라 직접 그 새끼를 심판했을 거다.

강소주에 안주 대신 이를 씹어 문 김남우는, 형형한 눈으로 선언했다.

"그 새끼 1년 뒤에 출소하면, 내 손으로 찢어 죽인다. 좆같은 법이 1년 형이라고 하면, 내가 그 법대로 그 새끼 딱 1년만 살게 한다. 1년 뒤에 무조건 죽인다."

"아, 형…"

공치열은 어찌 해야 할지 알 수 없었다. 그가 아는 김남우는 한다면 꼭 하는 사람이었다.

⋮

동그라미 친 달력을 바라보던 김남우가 공치열에게 전화를 걸었다.

"치열아."

[어, 왜?]

"한 달 뒤면 그 새끼 출소한다."

[아, 형…]

"나 좀 도와줘라."

[진짜, 형! 꼭 복수해야겠어? 형수님도 이제 겨우 다 잊고 사는데…

그냥 형도 잊고 살아. 복수해봤자 형한테 남는 게 뭐가 있겠어…]

"남는 게 없게 하려고 복수하는 거야. 그러지 않으면 지금 내가 가진 이 울분이 평생 사라지지 않을 것 같다."

[형!]

"치열아. 날 도울 수 있는 사람이 너밖에 없는 거 알지?"

[…]

공치열은 난감한 듯 쉽사리 대답을 못 했다. 김남우는 끈기 있게 기다렸고, 한참 만에 공치열의 목소리가 들려왔다.

[미안해, 형. 솔직히 말할게. 어차피 형이 그 다리로 뭘 할 수 있겠어… 형이 그 다리로 복수를 어떻게 해…]

"뭐? 너 이 새끼!"

[남우 형! 나도 진짜 형의 복수를 돕고 싶어! 그런데, 근데 나도 내 인생이 있잖아! 어?]

"…"

[그 대신에 형, 내가 형한테 누굴 소개해줄게. 형의 복수를 대신 해줄 수 있는 진짜 전문가.]

"…누군데?"

[어, 그 사람이 누구냐면…]

⋮

희미한 가로등 아래, 꼬불꼬불한 골목길을 지나서 발견한 낡은 시멘트 건물. 입구에는 투박한 스티커가 붙어 있었다.

[떼인 돈 받아드립니다.]

공치열은 줄곧 밀고 오던 김남우의 휠체어를 놓고는, 문을 두들기며 소리쳤다.

"계세요?"

곧 안에서 부스럭거리는 인기척이 들려오더니, 이제 막 잠에서 깬 듯한 사내가 부스스한 머리를 긁적이며 문을 열었다.

"누구?

사내는 키가 190은 되어 보이는 근육질의 거한이었는데, 날카로운 눈매와 그 밑을 가로지른 칼자국 때문에 인상이 사나워 보였다.

"응? 낯이 익은데?"
"아, 저는 그… 일전에 신세 졌던 공치열이라고… 그… 저 고향 후배요. 같이 술도 한 번 마셨는데…"
"어어! 기억나네. 아니, 그런데 웬일이야? 설마 또 돈 떼인 거야?"

"아, 아뇨. 그건 아니고, 사실은 저 부탁드릴 게 있어서… 제가 아니라…"

공치열이 뒤를 돌아보자, 휠체어에 앉아 있던 김남우가 나섰다.

"안녕하십니까. 김남우라고 합니다."

"안녕하쇼. 최무정이요. 흠, 당신이? 뭐, 일단 들어오쇼."

최무정은 둘을 안으로 안내했다. 시멘트 바닥에 물품들이 여기저기 나뒹구는 혼잡한 집 안. 최무정은 커피 믹스로 둘을 대접했다.

"그럼, 이분이 고객님이신가? 거, 어떤 새끼가 몸도 불편한 양반 돈을 떼먹은 거야?"

"아, 저기! 이 형은 돈 때문에 온 게 아니라, 다른 도움을 좀 받고 싶어서…"

"돈 때문이 아니라고? 다른 도움?"

최무정이 미간을 좁혔다. 그리고 가만히 공치열을 노려보다가 일순, 눈빛이 싸늘해졌다.

"너 이 새끼 설마! 떠들고 다니지 말랬더니, 말했구나? 내가 말하면 죽여버린다고 경고했지!"

최무정의 살기에 공치열의 등에서 식은땀이 흘렀다.

"저, 저, 저기! 사, 사정이 있었습니다! 이 형이 꼭 사장님 도움이 필요한 분이라!"

"무슨 사정, 이 새끼야! 너 진짜 죽고 싶어?"

"그건 제가 얘기하겠습니다."

중간에 끼어든 김남우를 향해, 최무정이 사나운 눈빛을 쏘아댔다. 하지만 김남우는 시선을 피하지 않았다.

최무정이 말했다.

"…그래, 얘기는 들어보자고."

김남우는 자신의 사연을 털어놓았다. 가슴 속에 쌓인 울분을 한 줌도 놓치지 않고 모두 담아서.

이야기가 끝나자, 최무정은 무겁게 고개를 끄덕였다.

"그래, 그 씹새끼가 당신한테 죽어 마땅한 놈이란 건 알겠어. 내가 당신이었어도 그 새끼를 죽였을 거야. 이해해."

"…"

“근데 말이야. 왜 내가 당신의 복수를 도와야 하지? 나랑은 상관없는 일이잖아? 난 떼인 돈 받는 게 전문이라고.”

사정을 다 듣고도 최무정이 시큰둥하자, 공치열이 옆에서 다급하게 끼어들었다.

“그, 그 사장님! 사장님이 아니면 저희 형을 도울 수 있는 분이 없습니다! 수고비는 당연히 두둑이 드릴 테니까요.”
“수고비 문제가 아니야! 난 합법적인 일만 한다고! 그리고 너이 새끼, 넌 죽을 줄 알아!”
“헙!”

공치열은 찔끔 놀라 입을 다물었다. 최무정은 다시 김남우를 돌아보며 물었다.

“당신이 한번 대답해봐. 내가 왜 오늘 처음 만난 당신의 복수를 도와야 하지? 내가 왜?”

김남우는 최무정의 물음에 가만히 그를 바라보았다. 그리고 천천히 입을 열었다.

“당신이 착한 사람이기 때문입니다.”
“뭐?”

전혀 예상하지 못한 말에 최무정이 멍청하게 김남우를 쳐다봤다.

"뭐라고?"

"당신이 착한 사람이기 때문이라고요."

"착하다고? 내가? 으하하! 평생 처음 듣는 말이야! 왜? 내가 어딜 봐서? 어딜 봐서 착하단 거야? 거기다 당신은 날 오늘 처음 봤는데, 날 어떻게 알고 착하다고 그러는 거야?"

최무정의 말에, 김남우는 확신에 찬 목소리로 대답했다.

"지금, 이렇게 그냥 살고 있지 않습니까? 그러니까 착한 사람일 수밖에요."

"…"

"오직 당신만이 제 복수를 도울 수 있습니다. 부탁드립니다."

어쩐 일인지, 최무정의 얼굴이 차분해졌다. 팔짱을 끼고, 시선을 바닥에 고정한 채 깊은 생각에 잠겼다. 5분이 지나자 최무정이 고개를 들고 입을 열었다.

"그래서, 얼마 줄 건데?"

"제가 드릴 수 있는 한 모두."

"흠. 그건 마음에 드네… 그래, 그놈 출소일이 언제라고?"

김남우의 입가에 처음으로 미소가 떠올랐다.

⋮

아무도 없는 한적한 공사장. 오늘 출소한 그가 바닥으로 내팽개쳐졌다.

쿠당탕!

"크! 이, 이 씹새끼! 너, 너 뭐야!"
"뭐긴 뭐야, 떼인 돈 받아주는 사람이지!"

퍼억!

"커헉!"

복부로 파고드는 발길질에 신물이 올라왔다.

그는 1년간 감옥에서 매일 운동만 했다. 이왕 징역을 사는 거, 사회에 나가면 빵에 갔다 온 걸로 어깨에 힘 좀 주고 다닐 생각이었다. 한데, 택시 기사를 가장한 최무정의 폭력에는 조금도 대항할 수가 없었다. 최무정의 주먹질, 발길질 한 방에 골이 울려왔다.

"아, 새끼. 생긴 건 멀쩡하게 생긴 새끼가 말이야."

퍼억!

"컥! 쿨럭! 너, 너, 너 뭐냐고!"
"이 새끼, 근데 왜 자꾸 반말이야?"

퍼억!

"크헉!"

대차게 걷어차인 그가 바닥을 굴렀다. 너무나 아팠다. 공포와 분노가 동시에 차올랐다. 이를 악문 그는 앞으로 고꾸라지듯 일어나, 근처에 있던 각목을 집어 들고 뒤돌았다.

"야, 이 씹새끼야!"

소리 지르며 각목을 휘둘렀지만,

퍼억!

"커헉!"

되레 가볍게 피한 최무정이 휘두른 주먹에 그의 고개가 돌아갔다. 그대로 바닥에 널브러진 그는 피를 쿨럭쿨럭 토하며 꿈틀거릴 뿐, 일어나질 못했다. 그의 입에서 벌써 약한 소리가 나오기 시작했다.

"사, 살려주세요… 살려주세요… 아저씨, 살려주세요…"

그는 고개도 들지 못하고 중얼거렸다. 그러거나 말거나, 최무정은 마구잡이로 발길질했다.

퍽! 퍼벅 퍽! 퍽! 퍼억! 퍽!

"커헉! 컥! 사, 살려주, 컥! 살려주세요, 크헉! 컥!"

그는 곧 걸레짝 같은 몰골로 바닥을 나뒹굴었다. 잠깐 호흡을 정리한 최무정이 그의 머리채를 붙잡고서 몸을 똑바로 돌려놨다. 그러곤 한쪽에 세워둔 오함마를 집어 들었다.

그는 꿈틀대면서 빌었다.

"살려주세요… 제발… 살려주세요…"

최무정은 듣지 않았다.

"원래 복수라는 게 상징이 가장 중요한 거거든? 그게 없으면 복수의 맛이 떨어진단 말이야. 그럼 우선은 다리를 먼저!"

최무정은 오함마를 높이 들어 그의 다리에 강하게 내려쳤다.

퍼억!

"끄아아아악!"

그의 입에서 다신 나오지 않을 줄 알았던 비명이 튀어나왔다. 그러거나 말거나 최무정은 그의 다리를 고기 다지듯이 마구 내려쳤다.

퍽! 퍼억! 퍽! 퍽! 퍽!

"끄아아악! 끄아아아악! 으아아아악!"

완전히 다리를 짓이겨놓은 최무정이 오함마를 내려놓았다.

"좋아. 다리는 이 정도면 됐고 다음은, 거시기인가?"
"으아악! 으아아아아악! 내 다리!"

그의 비명이 들리지도 않는지, 최무정은 태연하게 한쪽에서 정원 손질용 가위를 가져왔다.

"아직 고추를 잘라본 적은 한 번도 없는데. 자르면 죽으려나? 쉽게 죽으면 안 되는데."

그는 이미 최무정의 말은 들리지도 않았다. 최무정은 거침없이 그의 성기를 잘라버렸다.

"끄아아아아아아아악!"

피가 솟구치는 가운데 여전히 발광하는 그를 보고, 최무정은 안심했다.

"좋아. 죽진 않는군. 이제 마무리만 남았나?"

최무정은 핸드폰을 꺼내어 시간을 봤다. 곧, 어디선가 휠체어 바퀴 소리가 들려왔다.

"왔군."

김남우가 휠체어 바퀴를 굴리며 최무정 쪽으로 다가오고 있었다. 김남우는 바닥에 널브러진 그에게서 눈을 떼지 못했다. 최무정이 물었다.

"어때, 소감이?"

김남우는 진심이 담긴 짧은 탄식을 내뱉었다.

"아! 이렇게 행복할 수가."

후회도, 착잡함도, 불쌍함도, 허무조차도 없었다. 너무나도 만족스러웠다. 그 모습을 지켜보던 최무정. 눈썹을 꿈틀거리며 말했다.

"흠. 그래? 아무튼, 마무리는 당신이 해야지?"
"그럼요. 그렇고 말고요. 오직 이날만을 기다려왔는데."

그사이, 바닥의 그가 김남우를 알아봤다.

"너, 너! 너! 이 씹새끼! 다, 너 이 새끼가!"

김남우를 보며 소리 지르던 그가, 곧 정신이 나간 것처럼 태도를 바꾸며 싹싹 빌었다.

"아니! 살려주세요! 잘못했어요! 살려주세요!"

그러나 김남우는 차갑게 웃었다. 그는 주머니에 손을 넣어 마무리를 시작했다.

핸드폰을 꺼내, 전화를 걸었다.

"여보세요? 경찰서죠?"

⋮

신성한 법정. 온몸에 붕대를 감은 그는 오기로 법정에 나온 듯, 겨우 휠체어에 기대어 재판을 지켜보고 있었다.

[납치, 특수 폭행, 살인미수. 피고 최무정은 세 가지 죄를 인정합니까?]

"예, 인정합니다."

최무정은 담담히 모든 걸 받아들였다. 반면, 휠체어의 그는 이를 갈며 최무정을 노려보았다.

[피고가 모든 사실을 인정하였으나, 그 죄질이 매우 나쁜 점을 들어 피고에게 징역 20년을 선고하는 바입니다.]

20년의 징역에도 최무정의 표정에는 미동도 없었다. 그 모습이 만족스럽지 않은지, 휠체어의 그가 썩은 얼굴로 최무정을 쳐다보았다.

한데 그때, 당황스러워하는 판사의 목소리가 들려왔다.

[응? 허허, 참. 이건 무슨, 허허.]

헛기침으로 목청을 가다듬은 판사가 이어서 선언했다.

[추가로! 본 법정은 피고 최무정의 범죄 유전자 수치 99퍼센트를 고려하여, 형량을 99퍼센트 감형하는 바입니다.]

"뭐? 99퍼센트?"

생전 처음 보는 범죄 유전자 수치에 법정에 있던 모두가 웅성거렸다.

무엇보다, 휠체어의 그가 발광했다. 입에 거품을 물고 부들부들 떨었다. 휠체어에서 마구 버둥거리며 악을 썼다.

"뭐라고? 뭐라고! 아악! 악! 아아악! 으아아악!"

멀리서 그 모습을 본 김남우의 얼굴이 희열에 젖어 들었다. 진정한 복수의 희열에.

⋮

[착하다고? 내가? 으하하! 평생 처음 듣는 말이야! 왜? 내가 어딜 봐서? 어딜 봐서 착하단 거야? 거기다 당신은 날 오늘 처음 봤는데, 날 어떻게 알고 착하다고 그러는 거야?]

[지금, 이렇게 그냥 살고 있지 않습니까? 그러니까 착한 사람일 수밖에요.]

[…]

[오직 당신만이 제 복수를 도울 수 있습니다. 부탁드립니다.]

생명체를 창조하는 인간들

인류의 과학이 신의 영역을 넘보던 어느 날, 전 인류의 머릿속에 신의 목소리가 울려왔다.

[신의 권능에 도전하는 인간들아. 너희의 바람대로 너희에게 단 한 번, 창조의 기회를 주겠다.]

그 목소리와 함께, 신의 팔이 하늘에서 지상으로 내려왔다. 어디서부터 내려오는 건지 알 수 없었던 그 거대한 팔은, 손바닥에 하나의 알을 올려두고 있었다.

[내일 해가 뜨기 전까지 이 알에게 원하는 생명체에 대해 말하라. 그러면 그 생명체가 태어날 것이다.]

인류는 이 신비한 상황에 충격을 받았지만, 그보다는 이것이 인류에게 정말로 큰 기회라는 사실을 깨닫고서 흥분을 감추지 못했다. 사람들은 신이 나서 저마다 목소리를 높였다.

"공룡! 공룡을 부활시킵시다! 실제로 공룡을 볼 수 있다면 얼마나 멋질까?"

"공룡처럼 이미 있었던 것을 다시 만들어서 뭐 하려고? 차라리 와이번이나 그리핀을 만듭시다! 인간이 와이번과 그리핀을 타고 하늘을 나는 상상을 해보십시오!"

"기왕에 상상 속의 동물로 할 거면, 스케일 크게 전설적인 존재들은 어떻습니까? 네스호의 네시, 크라켄, 드래곤 같은 것 말입니다."

"아니면 귀엽고 예쁜 생명체는 어때요? 천사 같은 날개가 달린 고양이라든지, 손바닥만큼 작은 코끼리 같은 것 말이에요!"

"그게 아니면…"

생명체를 창조해내는 건 정말로 흥미진진하고 재밌는 일이었다. 그러나 다들 흥분해서 자기 생각을 떠들어댈 때, 누군가 이렇게 말했다.

"멍청한! 왜 그런 쓸데없는 것들만 이야기하면서 시간 낭비를 하는가? 우리 인류가 만들어야 할 것은 결국 가축이다! 인류에게 도움이 될 가축!"

"아."

그의 말이 옳았다. 인류에게 가장 도움이 될 생명체는 결국 가축이었다. 기르고, 지배하고, 약탈할 가축.

상상력이 풍부한 사람들의 기발한 아이디어들은 그냥 흥미로운 이야깃거리일 뿐이었고, 진짜 생명체 창조 논의는 주요 강대국들의 대표들이 신의 팔 앞에 모인 뒤에야 시작됐다.

그들의 회의는 실시간으로 전 세계에 방송이 됐고, 사람들은 밤을 새워가며 어떤 생명체가 창조될지 지켜봤다.

"돼지처럼 머리끝부터 발끝까지 버릴 게 없는 가축이어야 합니다."

"식용하려면 생김새가 혐오스럽지 않아야 하고, 고기에서 냄새도 안 나야 합니다. 호불호가 생기지 않게 말입니다."

"근데 맛은 돼지와 달랐으면 해요. 소와도 달라야 하고. 돼지와 소의 중간이면서, 더 맛있는 육질을 가진 생명체가 좋겠습니다."

"다 자란 크기는 돼지와 소의 중간 정도가 가장 적당할 것 같은데, 성체까지 자라나는 데 걸리는 시간은 한… 일주일? 어떻습니까?"

"오! 일주일 만에? 그런 효율이라면 엄청난 가축이 탄생할 겁니다! 한데, 그러려면 엄청 먹어야 할 텐데?"

"식성은 무조건 잡식성으로 합시다! 뭐든지 가리지 않고 잘 먹는 식성으로! 그러면서도, 탈이 잘 나지 않아야 하고!"

"탈 하니 말인데, 질병에 면역력이 강한 가축이어야 합니다! 돼지콜레라나 광우병을 생각해보십시오! 질병 걱정 없이, 아무렇게나 키워도 생명력이 우수한 가축이어야 합니다."

"참! 번식력도 아주 좋아야 합니다! 1년 내내 번식기여야 하고, 한 번에 새끼를 스무 마리쯤 낳는 건 어떻습니까?"

"아니, 굳이 새끼를 배야 합니까? 차라리 알을 낳게 합시다! 잊지 말아야 할 것이, 저기서 태어날 생명체는 딱 하나입니다. 그러니까 그 생명체는 무조건 자가 번식이 가능한 자웅동체여야 합니다. 그럴 거면 차라리 알을 낳는 게 좋겠지요! 그리고 닭처럼 매일매일 알을 낳게 하는 겁니다! 그러면 개체 수가 기하급수적으로 늘어날 겁니다! 게다가 달걀처럼 알 자체로도 즐길 수 있고요!"

"오오! 훌륭합니다."

대표들은 훌륭한 생각이라며 고개를 끄덕거렸다. 게다가 한 번 상식이 깨어지자, 점점 엄청난 추가 사항이 붙기 시작했다.

"우유도 짤 수 있게 합시다! 기존의 우유보다 더 고소하고 건강한 우유로!"

"털도 많이 나게 합시다! 양털보다 더 쓸모 있는 털로!"

"오, 털! 그럼 털의 촉감도 중요합니다! 현재 존재하는 모피들보다 더 부드럽게!"

"운송 능력도 훌륭해야 합니다. 짐을 싣기에도 좋고, 사람을 태우고도 안정적으로 잘 달리게 말입니다. 시골 같은 데서는 밭일도 잘해야 하고!"

인간들의 욕심은 끝이 없었다. 창조될 생명체는 시간이 흐를수록 점점 더 완벽한 가축이 되어갔다. 세상에 존재하는 모든 가축들을 합쳐도 이보다 더 쓸모 있어 보이진 않았다. TV로 지켜보던 사람들도 감탄하며, 새롭게 창조될 인류의 가축을 기대했다.

해가 뜨기 전, 인류의 대표가 정리된 서류를 가지고 알에게 다가가 말했다.

"너는 자가 번식이 가능한 자웅동체이며, 매일매일 알을 낳아 번식한다. 네가 성체까지 자라나는 데 걸리는 기간은 일주일이며, 성체의 크기는 돼지와 소의 중간 정도이다. 너는 모든 질병에 면역이 되어 있으며, 뭐든지 잘 먹는 잡식성이고, 몸에선 양처럼 고운 털이 나며, 그 가죽은…"

인간들이 머리를 맞대고 만들어낸 완벽한 가축의 조건이 알에게 모두 전해졌다.

곧, 해가 뜨기 시작했고, 알은 성스러운 빛을 뿜어냈다.

"오오오!"

주변의 모든 사람이, TV로 보고 있는 전 인류가 기대에 찬 눈

빛으로 알을 쳐다보았다. 한순간,

쩌적! 쩍!

알에 금이 가며 껍데기가 산산이 깨어져 나갔다.

"오오오!"

그 안에서 모습을 드러낸 생명체는 인류의 예상보다 더 귀여웠다. 아기 돼지 같으면서 송아지 같기도 하고, 아기 양이나 망아지 같기도 했다. 사람들은 얼른 준비한 사료를 들고, 인류가 창조한 생명체인 완벽한 가축에게 다가갔다.

그리고 그 생명체는, 다가오는 인간들을 향해 첫울음을 터트렸다.

"엄마?"

"!"

인류는 할 말을 잃어버렸다. 가장 중요한 가축의 조건을 깜박해버렸던 것이다. 이제 인류는 큰 고민에 빠지게 되었다. 아주아주 큰 고민에 빠지게 되어버렸다.

세상에서 가장 완벽한, 말하는 가축을 어떻게 대해야만 할까.

바람에 날리는 자존감

사람들은 모두 에어백을 메고 다녔다. 충돌에 대비해서다. 사람들은 너무나도 손쉽게 날아갔고 자주 충돌했다.

10년 전, SNS를 매개로 한 대규모 자살 플래시몹이 있었다. 그 플래시몹이 결코 유쾌하지 않았던 이유는, 실제 자살로 이어졌기 때문이다. 그리고 그날 이후, 인류에게 이상 현상이 일어났다.

사람이 마치 휴지 쪼가리처럼 바람에 날렸던 것이다.

태풍 같은 바람에 날아가는 게 아니었다. 사람이 일으키는 바람에 의해서만 날아갔다. 입으로 분 바람, 손을 휘저어 만든 바람, 심지어는 방귀 바람에도 사람이 날아갔다.

인류는 정말 큰 혼란에 빠졌다. 무심코 한 재채기 한 방에 상대방이 몇 미터를 날아서 고꾸라져버리니, 세상에서 가장 무서운 사람은 감기 걸린 사람이라는 농담이 나올 정도였다. 그뿐만 아니라, 무협 영화에서나 보던 장풍도 가능해졌다. 손을 내밀어 바람만 일으켜도 사람들이 휘청휘청 쓰러졌다.

모든 인간이 훨훨 날리진 않았다. 사람마다 바람에 날리는 정도가 다 달랐다. 어떤 이는 몸무게가 많이 나가도 먼지처럼 쉽게 날렸고, 어떤 이는 아무리 세게 입바람을 불어도 살짝 흔들리기만 했다.

인류는 이 이상 현상에 대해 심도 있게 연구했고, 그 결과 한 가지 결론에 다다랐다.

"인간 바람에 대한 저항력이 차이 나는 이유는 바로 자존감 때문입니다! 자존감이 낮은 사람일수록 바람에 쉽게 날리고, 자존감이 높은 사람일수록 흔들림이 없습니다!"

이 결론은 정설로 받아들여졌다. 사람들 모두가 실제로 그렇다는 걸 체감했으니까.

자존감이 낮을수록 가볍게 날린다는 건 참 슬픈 일이었다. 그것도 사람이 사람에게 부는 바람에서만 그렇다니. 이 결론을 접한 그들의 자존감이 더 떨어지게 된 것은 말할 나위도 없었다.

그들에게는 자존감 풍선이라는 별명이 붙었고, 어느새 이 이상 현상 자체를 자존감 풍선 사태라 부르게 되었다. 이 자존감 풍선 사태는 많은 사고를 일으켰다. 처음 며칠간 전 세계에서 발생한 사망자 수만 해도 감히 헤아릴 수 없을 정도였다. 다행히, 사태를 파악한 인류는 발 빠르게 안전 수칙을 전파했다.

먼저, 최대한 바람을 일으키지 않게 주의할 것을 권했다. 사람들은 수칙대로 가급적 마스크를 착용했고, 공공장소에서 움직일 때는 바람을 일으키지 않도록 최대한 느리게 움직였다. 방귀를 뀔 때도 꼭 주변을 살피고 뀌었다. 건물 내부의 벽과 바닥에 충격 흡수 매트리스가 설치되었으며, 차도와 인도 사이에 경계막이 생겼다.

그리고 휴대용 에어백이 개발되었다. 아무리 주의한다 해도 사고는 일어났으므로, 그럴 때 피해를 최소화하기 위해 개발된 가방형 에어백이었다. 에어백 개발 이후, 길거리를 돌아다니는 사람들은 거의 다 이 에어백을 메고 다녔다. 에어백을 메지 않은 이를 보면, 사람들은 그의 높은 자존감을 부러워하며 존경의 눈으로 쳐다보았다.

이런 모든 물리적인 대책도 중요했지만, 가장 근본적인 해결법은 사람들 스스로 자존감을 높이는 것이었다. 정부 차원의 지원 정책들이 계획되었으나, 그보다 더 빠르게 민간 자존감 학원들이 성행했다. 사람들은 자존감을 높이기 위해 병원을 다니고, 과외를 받고, 학원을 다녔다.

자존감을 위해 국가가 나서고, 의사들이 나서고, 학자들이 나서고, 선생들이 나서는 사이에 인류는 깨달았다. 인간에게 자존감이라는 것이 얼마나 중요한지 말이다. 왜 그동안 자존감 관리에 소홀했는지 의아할 정도였다. 누군가는 자존감이 인간 존재의 이유와 맞닿아 있다고도 주장했다.

그렇게 10년이 지나자, 극단적인 케이스들을 제외하고는 인류의 자존감이 상향 평준화를 이루었다. 누군가를 함부로 비난하는 일은 일어나지 않았고, 아무리 사소하더라도 차별은 끔찍한 범죄로 취급했다. 기회는 공평했고, 등수를 매기는 일은 지양했다.

이제는 바람에 날리는 인간들이 드물어졌다. 그뿐만 아니라, 자존감 상향 평준화를 통해 개개인 스스로가 주인공인 삶을 살기 시작하니, 인류의 능력 자체가 올라갔다. 문화, 기술, 과학, 예술, 모든 분야에서 수많은 위인들이 태동하기 시작했다.

그야말로 자존감의 재발견, 자존감의 혁명이었다. 인류에게 비약적인 기술의 발전이나 획기적인 발견이 있었던 것은 아니었지만, 인류는 스스로가 크게 도약했다고 여겼다. 인간이라는 종이 한 계단 진화했다고 생각했고, 실제로도 그것이 증명되었다.

어느 날, 그 증거가 타임머신을 타고서 인류 앞에 나타난 것이다. 바로 미래에서 온 신인류였다.

[저희 미래 신인류는 역사상 가장 중요했던 사건으로 자존감 풍선 사태를 꼽고 있습니다. 자존감 풍선 사태가 신인류로의 최초 전환점이라 평가하고 있습니다.]

그들의 말에 인류는 뿌듯했다. 역사상 가장 중요한 순간을 살아간다는 것이, 그 중요한 순간을 스스로 이뤄냈다는 것이 자랑스러웠다. 인류는 궁금해졌다.

"미래를 알려주십시오! 미래는 어떤 세상입니까? 우리가 이뤄낸 세상은 어떤 곳입니까?"

인류가 보기에 그들은 하나같이 너무나도 아름다웠다. 어떤 연예인을 붙여놔도 상대가 안 될 만큼 예뻤고, 피부는 마치 아기 피부처럼 고왔다. 풍성한 머릿결에는 윤기가 흘렀고, 내뱉는 목소리는 정신이 아득해질 정도로 매력적이었다. 몸에서는 은은하니 달콤한 향기가 났고, 움직임 하나하나에 충만한 생명력이 느껴졌다.

그런 그들이 미래에서 어떤 삶을 살고 있을지, 인류는 너무 궁금했다.

[저희는 영원히 늙지 않습니다. 어떠한 병에도 걸리질 않고, 피로해지지도 않습니다. 먹어도 먹어도 살이 찌질 않습니다. 걷기만 해도 보기 좋은 근육이 저절로 유지됩니다. 물로 한 번 씻어내기만 해도 항상 고운 피부를 유지할 수 있습니다.]

"우아…"

[그리고 미래에선 일을 할 필요가 없습니다. 모든 일을 기계가 대신 합니다. 게다가 필요한 모든 것이 무료로 주어집니다. 배가 고프면 눈에 띄는 식당에 들어가 밥을 먹으면 되고, 옷가게에 마음에 드

는 옷이 있으면 갈아입고 나오면 됩니다. 갖고 싶은 물건은 무엇이든 가질 수 있고, 커다란 집도 무료로 주어지며, 원하는 스타일로 마음껏 인테리어할 수도 있습니다.]

"와…"

[이루고 싶은 꿈이 있다면 얼마든지 도전할 수 있습니다. 실패해도 전혀 비난하지 않습니다. 사람들은 그저 인생을 마음대로 즐기기만 하면 됩니다. 원한다면 하루 종일 집에서 게임을 해도 좋고, 하루 종일 잠을 자도 좋습니다. 하루 종일 그림을 그려도 좋고, 친구들과 여행을 다녀도 좋습니다. 세상에 재밌는 콘텐츠는 무한히 존재하고, 또 무한히 생겨날 겁니다. 이렇게 타임머신까지 개발됐을 정도이니 말입니다. 이렇듯 미래의 사람들은 하나같이 여유롭고 행복하며, 자존감이 높습니다. 신인류는 바람에 흔들리지조차 않습니다.]

"…"

[그리고 결정적으로, 원하지 않는 이상 죽지도 않습니다. 미래에는 죽음의 공포가 존재하지 않습니다.]

그들의 말을 들은 인류는 할 말을 잃었다. 인류가 꿈꾸는 유토피아가 먼 미래에 있었다. 먼 미래다. 내 자식의 자식의 자식의 자식의 자식의… 현시대를 살아가는 사람들은 결코 갈 수 없는 아주 먼 미래였다.

곧, 기이한 현상이 일어났다. 전 세계 곳곳에서 다시금 바람에 날리는 사람들이 나타나기 시작했다.

신인류는 당황했다.

[아니? 이 상황은 역사에 전혀 기록되어 있지 않은 상황입니다! 여러분, 이렇게 쉽게 자존감을 잃으시면 안 됩니다!]

일부러 그런 것은 아니겠지만, 세상에 비교만큼 자존감을 무너뜨리는 것도 없었다. 게다가 지금의 인류가 그저 미래로 나아가는 과정에 불과하다는 사실은 그들에게 엄청난 무력감을 안겨주었다.

자존감 풍선이 되어가는 사람들의 숫자는 점점 늘어났다. 종국에는,

[아! 아… 아!]

미래 신인류들이 타임머신과 함께 소멸되었다.

인류는 이내 깨달았다. 방금 유토피아인 미래를 잃어버렸구나. 인류로서는 자존감이 더 떨어지는 일이었다.

인류는 차라리 질문하지 말 걸 그랬다고 후회했다. 많은 것을 안다고 해서 항상 좋은 것만은 아니었는데.

정선 카지노로 향하는 길에

"아빠, 진짜 왜 그래! 도박에 미쳤어?"

"…"

바짓가랑이를 붙잡고 울부짖는 딸의 외침에도 최무정은 묵묵부답이었다. 그의 손에는 대출까지 받아 마련한 돈 5천만 원이 들려 있었다.

"아빠, 제발 가지 마! 응? 제발! 아빠 도박 중독이야? 진짜 왜 그래!"

미간을 찡그리며 이를 악물던 최무정은, 돌아앉아 딸을 붙잡았다.

"아빠 도박 중독 아니야. 그리고 이게 진짜 마지막이야."
"뭐가 중독이 아니야! 전세금도 다 빼고, 그 돈까지 쓰고 나면 우리는 이제 진짜 거지인데! 뭐가 마지막이고, 뭐가 중독이 아니야!"

일그러진 얼굴로 고개를 흔드는 최무정의 눈시울이 붉어졌다.

"아빠 도박 중독 아니야! 너도 알잖아! 아빠가 얼마나 힘들게 살아왔는지. 아빠가 그 돈을 어떻게 모았는데! 막노동으로 허리가 굽을 때까지 일해서 번 돈이야! 못 배운 놈이라며 온갖 괄시를 받으면서도 악착같이 일해 모은 돈이야! 그 돈은 찾아와야 할 거 아니야!"

3천만 원. 최무정이 정선 카지노에서 잃은 돈이었다.
평생 성실하게 살아온 최무정이 저지른 단 한 번의 실수였다. 친구의 말대로 주머니에 딱 10만 원만 가져가면 문제 없을 줄 알았다. 하지만 그 10만 원이 300만 원으로 불어나는 순간, 문제가 생겼다. 자신이 300만 원을 벌려면 얼마나 뼈 빠지게 일해야 했던가? 그런 돈을 고작 한 시간 만에 벌다니, 최무정의 이성이 마비되는 것도 당연한 일이었다.
그리고 그 300만 원이 0원이 되었을 때, 최무정은 극심한 허탈감과 분노에 휩싸였다. 한 번만 더 해보자는 생각에, 나가서 10만 원을 찾아왔다가 또 잃고. 종잣돈이 모자라서 그랬다는 말에 100만 원을 찾아왔다가 그것마저 모두 잃었다. 그다음부터는 멈출 수 없었다. 돈을 따는 게 중요한 것이 아니었다. 무슨 수를 써서라도 잃은 돈만큼은 되찾아야 했다. 그러다 300만 원을 잃고, 500만 원을 잃고… 결국 정신을 차렸을 땐 모두 3천만 원을 날린 상황이었다.

절대 그렇게 잃어선 안 되는 돈이었다. 불우했던 자신의 인생에서 그나마 유일하게 거둔 결실이 바로 그 돈이었다. 무슨 수를 쓰든 그 돈을 되찾아야만 했다.

"아빠 믿어줘. 아빠는 절대 도박 중독 아니야. 이번이 마지막이다. 잃은 돈만 되찾으면 뒤도 돌아보지 않고 돌아올 거야. 응? 아빠 한 번만 믿어줘."

"아, 그걸 어떻게 찾아! 그냥 잊어버려, 아빠! 제발! 응? 그냥 3천만 원은 처음부터 없었다고 생각해!"

"어떻게 없었다고 생각해!"

소리를 지른 최무정은, 딸을 뿌리치며 자리에서 일어났다.

"아빠!"

딸이 울면서 부르는 소리를 무시하고 밖으로 뛰쳐나갔다. 그는 반드시 모든 걸 원래대로 돌려놓을 생각이었다. 3천만 원을 되찾고, 카지노를 모르던 그때의 자신으로!

⋮

어두운 공간.

"으으음…"

의자에 묶여 있는 최무정이 힘겹게 정신을 차렸다. 미간을 찌푸리던 그는 퍼뜩,

"내 돈!"

소리치며 황급히 주변을 둘러보았다. 그러나 꽁꽁 묶인 그는 꼼짝도 할 수 없었고, 주변이 보이지도 않았다.

"뭐, 뭐야…"

여기가 어디지? 내가 왜 여기서 깨어났지? 언제, 어디서 정신을 잃었지?

최무정은 아무것도 기억이 나지 않았다. 그 순간,

팟!

어둠 속에서 새하얀 스크린이 떠올랐다. 그리고 들려오는 목소리.

[깨어나셨습니까?]

눈을 부릅뜬 최무정이 당장 소리 질렀다.

"너 누구야? 뭐야, 이거! 어? 내 돈 어딨어!"

[아, 그 돈이요? 당연히 옆에 있습니다.]

최무정이 급히 고개를 돌리자, 바로 옆 탁자 위에 놓여 있는 현금 5천만 원이 보였다. 돈을 본 최무정이 무언가 소리치려는데,

팟!

하얀 스크린에서 영상이 나오기 시작했다. 10살쯤 되어 보이는 꼬마가 오래된 책가방을 메고 등교하는 모습이었다.

"뭐, 뭐야, 이건? 뭐 하자는 거야! 여기 어디냐니까?"

최무정이 버럭 소리를 지르자, 목소리가 대답했다.

[이곳은 돈을 내고 리액션을 즐기는 곳입니다.]

"뭐?"

[이곳에서 리액션을 즐기다 보면 중독되지 않고는 못 배기실걸요? 선생님이 원래 잘 중독되시잖습니까. 하하.]

"뭐라는 거야?"

[쉿!]

어찌 된 일인지, 갑자기 최무정의 목소리가 나오지 않았다. 그 대신 영상의 소리가 자세히 들려오기 시작했다. 낡은 책가방을 멘 소년이 고개 숙여 힘없이 걸어가는 그곳, 마치 그 현장에 함께 있는 듯한 생생한 소리였다.

아이의 얼굴은 무척이나 슬퍼 보였는데, 최무정은 왠지 그 얼굴에서 눈을 뗄 수 없었다. 가난이 무엇인지 익히 알고 있던 그가 아이의 모습에서 가난을 읽어냈기 때문인지도 몰랐다.

아이는 힘없이 터벅터벅 걸어가다가, 그 자리에 풀썩 쭈그려 앉아 얼굴을 묻어버렸다. 그 모양새가 안타까웠다.

"아…"

최무정이 자기도 모르게 탄식을 내뱉자 목소리가 말했다.

[준비물을 가져가지 못해서 그렇습니다. 돈이 없거든요. 혹시, 돈을 써서 저 아이의 준비물을 대신 사주시겠습니까?]

"뭐?"

최무정의 눈이 조금 커졌다. 목소리는 안타깝다는 듯이 말했다.

[준비물을 가져가지 못해서 또 선생님께 혼이 날 겁니다. 다른 아이들은 거지라며 놀려대겠죠. 어쩌면 지금 미리 울어두는 게 나을지도 모르겠네요. 수수깡을 살 돈 500원만 있으면 되는데…]

"뭐? 500원?"

500원이란 단어에 최무정이 반응했다. 그러자 목소리가 재빠르게 물었다.

[저 아이를 위해 준비물값 500원을 내주시겠습니까? 마침 옆에 돈도 있으신데 말입니다.]

"…"

최무정이 미간을 찡그렸다. 지금 자신에게 벌어진 이 미친 상황이 납득되진 않지만, 눈앞의 아이가 고작 500원이 없어서 저러는 게 신경 쓰이는 것도 사실이었다. 고작 500원짜리 수수깡이 뭐라고, 그거 살 돈이 없어서 저렇게…

최무정은 일단 고개를 끄덕이며 말했다.

"아이한테 수수깡을 사줘. 그런데 지금 내가 왜 여기에…"

그러나 중간부터 말소리가 나오지 않아, 제대로 항의할 수 없었다.

[아이에게 500원을 쓰기로 하셨군요! 알겠습니다!]

순간, 최무정의 옆에서 동전 소리가 났다. 고개를 돌려 보니, 탁자 위에 있던 현금 중 만 원짜리 하나가 빠져나와 9,500원으로 변하고 있었다.

"!"

말도 안 되는 광경에 깜짝 놀란 최무정. 그러나 곧 그의 고개가 다시 화면으로 돌아갔다.

화면 속에 쭈그려 앉아 있던 아이가 고개를 들고 일어났기 때문이다. 눈물을 훔치고 다시 걸어가려던 아이는 순간,

〈어?〉

눈동자가 커지면서 얼른 땅바닥으로 허리를 숙였다. 아이는 500원짜리 동전 하나를 주웠다. 내내 우울하던 아이의 얼굴이 순식간에 환해졌다. 아이가 행복해 보이는 얼굴로 얼른 달려간 곳은, 당연히 학교 앞 문방구였다.

최무정은 아이가 단돈 500원 때문에 불행해했다가 행복해하는 모습을 처음부터 끝까지 지켜보았다. 특히 입을 크게 벌리고 웃는 아이의 얼굴이 화면 가득 들어왔을 때는 잠시도 눈을 뗄 수 없었다.

[어떨습니까? 리액션 좋지요?]

화면이 다시 새하얗게 변하고, 목소리가 말했다. 그제야 최무정은 처음에 목소리가 말했던, 돈을 내고 리액션을 즐기는 곳이란 말이 이해가 됐다. 그러나 자신이 이곳에 왜 감금당했는지는 여전히 이해할 수 없었다.

"이게 무슨…"

팟!

소리를 지르려던 최무정은, 또다시 스크린에 영상이 나타나자 시선을 빼앗겼다. 아까 그 소년이 학교 근처 분식집을 먼발치에서 쳐다보고 있었다. 분식집에서는 다른 아이들이 떡볶이를 사 먹고 있었는데, 마침 그중 하나가 컵 떡볶이를 들고서 아이의 곁을 지나쳐 갔다. 가까이서 떡볶이를 보며 침을 꿀꺽 삼킨 아이가 쥐고 있던 손바닥을 조심스럽게 폈다. 손바닥에는 50원짜리 동전 두 개, 10원짜리 동전 열 개가 놓여 있었다.

[아이는 지금 갈등하고 있습니다. 떡볶이가 너무 먹고 싶거든요. 하지만 50원짜리와 10원짜리를 내는 게 창피합니다. 그 10원들도 며칠을 주머니 속에 소중히 모아둔 것이었는데, 낼 용기가 나지 않습니다. 아니요, 낸다손 치더라도 아주머니에게 200원어치만 컵에 담아달라는 말은 절대 할 수가 없겠죠. 창피하니까요.]

"…"

아이는 하굣길의 학생들이 떡볶이를 사 먹는 모습을 한참 동안 지켜만 보았다. 그러다 결국, 동전들을 주머니에 넣으며 돌아섰다. 무표정한 그 얼굴이 왠지 슬펐다.

[어떻습니까? 저 아이에게 떡볶이를 사주시겠습니까? 천 원이면 됩니다. 아이의 리액션을 보고 싶지 않으십니까?]

최무정의 고개가 옆으로 돌아갔다. 거의 5천만 원이 쌓여 있는 탁자. 고작 천 원은 아무것도 아니었다.

"…떡볶이 먹게 해줘."

최무정의 말이 끝나자마자, 영상 속에서 힘없이 걷던 아이의 앞을 누군가가 막아섰다. 어른의 뒷모습이 아이에게 물었다.

〈꼬마야. 혹시 우체국이 어디 있는지 아니?〉
〈우체국이요? 네, 저쪽으로 가시면요…〉

아이는 작은 팔을 뻗어가며 길을 설명했다. 그러자 곧, 어른이 아이에게 천 원을 건네며 말했다.

〈고맙다. 이걸로 맛있는 거 사 먹어라.〉

천 원을 받고 눈이 휘둥그레진 아이는 연신 고개를 숙여 인사했다. 그러고는 얼른 뒤돌아 분식집으로 달려가는 아이. 아이의 표정이 해맑았다. 떡볶이를 입으로 가져가 씹을 때에는 마치 세상에서 가장 맛있는 음식을 먹는 것처럼 입을 크게 놀렸다.
그 모든 모습을 지켜보던 최무정은 아이의 행복이 진심으로 느껴졌다.

[이번 리액션도 참 좋네요.]

"…"

다시 화면이 하얗게 변했다가, 또 다른 영상이 시작됐다. 한 살 정도 나이를 먹은 듯한 아이가 운동장 구석에 앉아 무릎 사이에 얼굴을 파묻고 있었다.

최무정이 미간을 찌푸리자, 목소리가 말했다.

[같은 반 친구들이 아이를 놀렸네요. 아이의 신발이 메이커 짝퉁이었거든요. 그 나이 때 아이들이 다 그렇잖습니까? 누구 하나 놀려서 웃음거리로 만드는 일을 대수롭지 않게 생각하죠.]

가끔 고개를 들어 손등으로 눈물을 훔치는 아이의 눈가가 부어 있었다.

[사실 오늘이 아이의 생일입니다. 부모님이 살아 있었으면 신발 정도는 사주셨을지도 모르는데, 참 안타깝습니다.]

"…"

[어떻습니까? 아이의 생일 선물로 좋은 신발 하나 사주시겠습니까?

5만 원이면 됩니다.]

최무정은 또다시 돈이 쌓여 있는 탁자를 돌아보았다. 5만 원이 빠져나가도 티도 안 날 액수였다. 다시 한 번 아이의 부은 얼굴을 쳐다본 최무정이 말했다.

"메이커 신발 하나 사줘."

그 말과 동시에 탁자 위에서 5만 원이 증발했다.

그리고 영상 속 아이는 깜짝 선물을 받게 되었다. 체육복 차림의 어른 뒷모습이 나타나더니, 아이에게 신발을 건넸다.

〈육상부에서 신발이 하나 남았구나. 네가 쓰거라.〉

눈이 휘둥그레져서 신발을 살피던 아이는, 좋으면서도 좋은 티를 내지 못하고 선생님 얼굴만 가만히 바라보았다. 선생님은 아이의 머리를 쓰다듬고 그냥 가버렸다. 그제야 아이의 얼굴에 함박웃음이 차올랐다. 메이커 신발을 가슴에 품고 방방 뛰는 아이의 모습.

최무정은 인정하긴 싫지만, 그 모습을 보며 기분이 좋아지는 걸 느꼈다. 자신도 모르게 입꼬리가 올라갔다.

[정말 보는 사람도 행복해지는 웃음입니다. 어떻습니까? 아이의 리액션에 중독될 것 같지 않습니까?]

"무슨…"

겉으로는 눈살을 찌푸린 최무정이었지만, 이어지는 영상 속에서도 계속해서 도움의 손길을 내밀었다. 심지어는 아이가 학원에 다닐 수 있게 20만 원을 내주기까지 했다. 굉장히 망설이다 내린 결정이었지만, 학원 의자에 앉아 수줍게 웃는 아이의 모습을 보니 기분이 좋아졌다. 다른 아이들과 동등하게 앉아 있는 그 모습이 그렇게 좋아 보였다. 비록 최무정에게 한 말은 아니었지만, 아이가 화면을 향해 '고맙습니다'라고 수줍게 인사할 때는 가슴이 뭉클하기도 했다.

[크… 리액션 좋고! 아이가 점점 행복해지네요. 보기 좋죠?]

"음…"

최무정은 어느새 다음 영상에서는 아이가 어떻게 성장해 있을지 궁금해졌다. 한데, 화면 속의 아이는 엉엉 울면서 냄비에 죽을 끓이고 있었다.

"응?"

너무나 서러워 보이는 그 울음에 최무정이 이맛살을 찌푸리자 목소리가 설명했다.

[유일하게 아이를 돌봐주던 할머니가 병으로 몸져누우셨습니다. 아이는 병원비가 없고, 할머니는 며칠 이내에 돌아가실 겁니다. 아이는 어디에 도움을 요청해야 하는지 모르고, 사실 도움을 요청할 사람도 없습니다. 그저 할머니를 위해 죽을 끓이는 게 아이가 할 수 있는 일의 전부입니다.]

"아…"

[저 아이를 위해서 300만 원을 내주시겠습니까?]

"300만 원?"

최무정의 눈이 흔들렸다. 300만 원은 큰돈이다. 게다가 그가 그 돈을 벌려면 남들보다 몇 배는 더 고생해야 했다. 하지만, 서럽게 울면서 죽을 끓이고 있는 아이의 모습이 너무나 가슴 아팠다.

"…왜 내가 저 아이를 도와야 하지? 일면식도 없는 아이를 내가 왜? 300만원이나 써서 내가 얻는 게 뭐가 있다고!"

독백 같은 최무정의 질문에 목소리가 대답했다.

[저야 모르죠? 당신이 알겠죠.]

"…"

말없이 탁자 위의 돈다발을 바라본 최무정은 생각했다. 어차피 카지노에서 쓸 돈이다. 300만 원 정도는 없어도 되지 않을까? 그 정도는 게임 한 판만 제대로 이기면 다시 채워 넣을 수 있지 않을까?

고민하던 그는 끝내, 자신도 이해하지 못할 정신 나간 선택을 했다.

"300만 원을… 써."

최무정의 말이 끝나자마자, 탁자 위의 300만 원이 증발했다. 동시에, 영상 속 아이의 집 문이 열리며 어른이 등장했다. 어른은 할머니를 병원으로 데리고 갔다. 병원에서 할머니가 건강을 회복하자 아이는 다시 환하게 웃었고, 그 모습을 보고 있던 최무정도 따라 웃었다. 300만 원은 어느새 머릿속에서 까맣게 잊혔다.

한데 그때, 갑자기 화면이 온통 붉은색으로 변했다. 그리고 목소리가 말했다.

[아, 안타까운 일입니다. 아이가 그만, 교통사고를 당했습니다.]

“뭐, 뭐?”

눈을 부릅뜬 최무정이 급히 되물었다.

“그게 무슨 말이야?”

[지금 생사를 헤매고 있습니다. 이제 겨우 행복해지기 시작했는데, 왜 이런 일은 불쌍한 아이에게만 일어날까요?]

“이, 이!”

최무정이 얼굴을 잔뜩 일그러뜨리자, 목소리가 말했다.

[아직 살릴 방법은 있습니다. 혹시, 아이의 병원비를 내주시겠습니까? 한 2, 3천만 원 정도 들 겁니다.]

“뭐라고?”

최무정의 두 눈이 흔들렸다. 2, 3천만 원이라고? 미친!

"말도 안 되는 소리! 내가 그럴 수 있을 리가 없잖아!"

절대로 불가능한 제안이었다. 오히려 화가 나는 제안이었다. 왜 할 수도 없는 자신에게 그런 말을 한단 말인가! 왜 이런 불편함을 강요한단 말인가!

한데,

[아깝지 않으십니까?]

목소리가 물었다. 아이의 목숨이 아깝지 않냐는 질문인가? 당연히 아깝다. 아이가 죽어가는 게 슬프고 안타까웠다. 하지만 그가 묻는 건 다른 것이었다.

[그동안 들어간 돈이 아깝지 않냐는 말입니다. 신발값이며, 학원비며, 할머니 치료비며, 아이에게 많은 돈이 들었지 않았습니까? 아이가 죽어버리면 그 모든 돈이 허공으로 사라지는데, 아깝지 않으십니까?]

"무, 무슨…"

[도박과 같습니다. 그동안 잃은 돈을 생각하면 여기서 멈출 수는 없는 거죠. 그렇지 않습니까?]

"…"

최무정이 큰 소리로 반박했다.

"바보 같은! 그깟 돈은 포기하면 되는 거야! 아까울 게 어딨어!"

[이미 쓴 돈을 포기할 수 있다고요? 정말 그렇습니까? 정말로 본인이 그랬습니까? 포기했었습니까?]

"이익!"

최무정은 목소리가 말하고자 하는 바를 정확히 이해했다. 하지만,

"다, 달라! 그것과는 달라! 내가 카지노에서 잃은 돈을 포기하지 못하는 이유는, 다시 되돌리기 위해서라고! 포기하지 않고 얻어야 할 게 있다고!"

[아! 정말 그렇군요. 카지노에서는 운만 잘 풀리면 얻으실 게 분명히 있군요. 하지만 저 아이를 살려서 얻을 건 없지요. 아까 할머니 치료비 300만 원은 괜히 냈습니다. 얻을 건 아무것도 없었는데.]

"…"

최무정의 눈동자가 떨렸다. 그는 생각했다. 만약… 카지노에서 아무것도 얻지 못한다면, 자신이 지금이 순간을 잊을 수 있을까? 그 아이의 얼굴을 잊을 수 있을까?

최무정의 시선이 탁자 위로 이동했다. 그는 돈다발을 보며 중얼거렸다.

"2, 3천…"

[예. 그 정도가 들 겁니다.]

"…"

그 순간 갑자기,

〈죽으면 안 돼!〉

붉은 화면에서 들려오는 처절한 비명에 최무정이 움찔했다. 바로 목소리의 설명이 이어졌다.

[아! 아이가 이제 곧 죽을 것 같네요.]

"으…"

흔들리는 최무정의 두 눈! 돈다발을 돌아본 그는 입술을 깨물며 갈등했다. 갈등하고 갈등했지만, 곧 눈을 질끈 감고 외면해버렸다.

목소리는 깊이 탄식했다.

[아… 이제 곧 죽을…]

"가져가!"

최무정이 발작하듯 소리 질렀다.

[음! 그 말씀은?]

최무정은 입술을 움찔거리다가, 낮은 목소리로 말했다.

"아이를… 살려줘…"

[…]

순간, 탁자 위의 돈뭉치들 상당수가 증발했다.

"아!"

최무정의 입에서 허탈한 탄식이 흘러 나왔다. 그가 멍하니 남은 돈을 바라보고 있는데, 목소리가 말했다.

[정확히 2천만 원이 남았군요.]

"…"

최무정은 고개를 돌려 붉은색 화면을 보았다.

"아이는… 아이는…"

붉은색 화면에는 영상이 나타나지 않았다. 아니, 아예 화면이 사라져버렸다.

[이제 이별할 시간이군요. 그럼 저는 이만.]

"뭐라고!"

당황하는 최무정.

"잠깐! 아이는? 아이는 어떻게 됐어?"

최무정이 외쳤으나, 화면은 다시 나타나지 않았다. 그가 또 한 번 소리치려던 그때, 목소리가 말했다.

[당신은 이미 그 결과를 알고 계시지 않습니까? 그 아이의 이름은 최무정이니까 말입니다.]

남자의 말에 최무정은 마치 동상처럼 뻣뻣하게 굳어버렸다. 그리고 곧, 최무정을 감싸고 있던 어둠이 어딘가로 빨려 들어간 듯 주변이 새하얘졌다.

이윽고,

"쿨…럭!"

기침을 토하며 상체를 들썩이는 최무정.

"아, 아빠! 정신이 들어? 아빠! 죽으면 안 돼!"

힘겹게 눈을 뜬 최무정이 어렵사리 고개를 돌려 주위를 살폈다. 최무정은 달리는 구급차 안에 누워 있었다.

"여… 여긴…"

"아빠! 흐어엉…"

눈물을 펑펑 흘리며 안도하는 딸. 그제야 최무정은 모든 기억이 돌아왔다.

딸을 뿌리치고 집을 뛰쳐나온 것, 마음이 복잡하여 주변을 살피지 못한 것, 그러다 교통사고를 당한 것까지.

"아… 아아…"

최무정은 멍한 눈빛으로 구급차의 천장을 바라보았다.

"…"

한동안 말없이 생각에 잠겨 있던 최무정은, 딸에게 말했다.

"아빠 카지노 안 갈게. 아빠 도박 안 해."
"아, 아빠…"
"아빠 3천만 원 포기할게. 그럴 수 있어. 응, 아빠는 이제 그럴 수 있을 것 같아."

최무정의 표정이 한결 편안해졌다. 환하게 웃던 그 아이의 얼굴처럼.

마지막 유언

"하아… 하아…"

늙고 쇠한 사내가 침대에 누워 힘겹게 숨을 내쉬었다. 주변에는 수많은 카메라들이 그의 마지막 유언을 기다리고 있었다. 전 세계인이 가장 사랑하는 가수, 김남우의 마지막 순간이었다.

수많은 취재진들이 있음에도 작은 소음 하나 나지 않고, 김남우의 가쁜 호흡 소리만 들려오던 그때. 김남우의 입에서 유언이 흘러나왔다.

"사랑하세요… 내 곁의 모두를, 세상 모두를 더 사랑하세요… 그리고 나의 죽음을 슬퍼하지 마세요… 나는… 불멸의 세계로 갑니다… 그곳에서도… 영원히 음악을…"

마지막 말과 함께 김남우의 숨이 멎은 그 순간, 방 안의 사람들이 크게 오열했다.

⋮

"…여긴?"

마치 우주처럼 온통 어둠으로 가득 찬 공간에, 김남우의 침대가 부유하고 있었다.

"이 병신이! 뭐? 나는 불멸의 세계로 갑니다? 허세 좀 떨지 마! 중2병이냐?"

옆에서부터 들려오는 시끄러운 목소리에 김남우의 고개가 돌아갔다.

"아!"

김남우도 익히 알고 있는 정장 차림의 사내가 인상을 찌푸리며 그를 노려보고 있었다. 사내는 버럭 소리 질렀다.

"나랑 계약한 걸 잊었어? 왜 유언을 네 멋대로 남기는 거야? 네 유언은 내 거라고!"

"…"

김남우는 할 말이 없다는 얼굴로 침묵했다. 그의 말대로, 김남우의 마지막 유언은 그의 것이었다.

"얼어 죽을 노숙자에 불과하던 너를 세계적인 가수로 만들어 준 게 나야! 그런데 네가 감히 계약을 어겨?"

"…"

"나는 분명 네 소원을 들어줬어! 네 평생의 꿈을 이루어줬고, 오래도록 행복하게 살다가 모두의 사랑 속에서 죽어갈 수 있게 만들어줬어! 그런데 넌? 넌!"

"…"

"내가 뭐, 네 영혼을 달라고 했어? 다른 사람의 영혼을 훔쳐 오랬어? 그냥 죽기 전에 유언 하나만 내가 원하는 대로 남겨달라고 했잖아! 지난 몇십 년간 누릴 건 다 누려놓고, 이제 와서 그거 하나를 못 해?"

자신의 죄를 알기에 차마 한마디도 못 하고 있던 김남우가, 계속되는 사내의 잔소리에 참지 못하고 소리 질렀다.

"유언이! 유언이 너무하잖습니까? 세상에 수많은 사람들이 나를 존경하고 위대하게 생각하는데, 내 마지막 유언이 그렇다는 건!"

"그러니까! 내가 왜 너를 그런 존경받는 위인으로 만들었겠어? 어? 그게 다 이 마지막 순간을 위해서라고!"

사내도 성질을 부리며 김남우의 말을 맞받아쳤다. 그러자 김남우는 얼굴을 일그러뜨리며 버럭 소리쳤다.

"아무리 그래도 내 마지막 유언이 '세상에서 가장 맛있는 콜라! 지금 당장 마트로 달려가 사 드세요!'가 뭡니까!"

김남우의 애처로운 절규가 어둠 속에 울려 퍼졌다.

⋮

사람들의 오열 소리만 들려오던 방 안. 슬픔의 한가운데에 놓여 있던 노인 김남우가,

"허억!"

숨을 토해내며 눈을 떴다.

"사, 살아 있다! 김남우 선생님이 아직 살아계신다!"

방 안에 있던 사람들 모두 눈을 크게 뜨고 김남우에게 집중

했다.

눈알을 굴려 주변을 살피던 김남우는 팍 인상을 쓰며 상황을 파악했다.

빌어먹을 새끼!

사내가 김남우를 다시 살린 것이다. 그는 김남우가 약속한 유언을 말하기 전까지는 절대 죽지 못하게 할 생각인 것 같았다. 김남우는 다시 숨이 가빠오는 것을 느끼며, 어쩔 수 없이 입을 열었다.

"마지막… 유언을… 남기겠습니다…"

김남우의 말에 시끌벅적하던 취재진들이 일순간 침묵하며, 카메라로 김남우의 마지막 순간을 담으려 했다.

"세상에서…"

김남우는 억지로라도 더 말해보려 했지만, 인상만 찌푸려질 뿐, 도저히 그다음 말이 나오지 않았다. 아무리 생각해도 이건 아니었다. 빌어먹을 콜라 광고가 유언이라니.

"세상에서… 살아온 나날에 한 치의 후회도 없습니다… 후회

없는 삶을 사세요… 인생이란 멋진 것입니다. 아, 정말 멋진 인생이었습니다."

김남우는 그 말을 끝으로 눈을 감았다.

"선생님!"

김남우의 숨이 멈추는 것을 보며, 사람들은 또다시 오열했다.

⋮

"이 새끼가 진짜!"
"…"

어둠이 가득한 공간, 사내가 침대 위 김남우를 향해 버럭 소리 질렀다.

"아오! 겉멋만 들어가지고! 뭐? 정말 멋진 인생이었습니다? 꼴값 떨고 있네! 브라보! 아주 박수까지 치지 그랬어?"
"…"

김남우는 조금 머쓱해져 시선을 피했다. 좀 전의 세상에서와 달리 이 공간에선 너무 건강하고 멀쩡한 상태라, 자신이 내뱉은 유언을 듣고 있자니 조금 부끄러워졌다.

"이 은혜도 모르는 새끼야! 너 왜 도대체 약속을 안 지키는 거야? 어? 세상에서 가장 맛있는 콜라! 지금 당장 마트로 달려가 사 드세요! 이렇게만 해주면 된다니까!"
"아니, 그래도, 내가 사회에서 위치란 게 있는데…"
"위치는 개뿔! 땅바닥에서 뒹굴던 노숙자 새끼가!"
"그런 건 위인을 더 빛내주는 역경과 고난의 시절이라고…"
"놀고 자빠졌네, 진짜! 아, 제발 그냥 좀 해! 내가 말한 대로 유언을 남기고 깔끔하게 죽으라고, 좀! 어려워? 못 외우겠어?"

사내의 거듭되는 짜증에 김남우도 폭발했다.

"아니! 도대체! 도대체 콜라가 뭐길래! 무슨 악마가 콜라 유언을 남기라고 계약을 합니까?"
"내 사업이야, 사업!"
"그러니까 무슨 악마가 콜라 사업을 합니까? 악마면 악마답게 사람들 영혼이나 모으고 다닐 것이지!"

사내는 답답하다는 얼굴로, 어느새 손에 들린 콜라를 흔들며 소리쳤다.

"병신아! 이 콜라가 그냥 콜라인 줄 알아? 내가 만든 이 콜라를 마실 때마다 그 사람 수명이 나한테 들어오게 되어 있다고!"

깜짝 놀라 눈이 커진 김남우!

"악랄한! 어떻게 그런 악마 같은 짓거리를…"
"악마니까 당연하지, 인마!"
"나보고 그런 악마 같은 짓을 도우란 말입니까? 못 합니다! 죽어도 못 합니다!"
"병신이! 너 어차피 오늘 죽잖아!"
"…"

김남우는 입을 굳게 다물어버렸다. 사내는 답답한지 가슴을 두드렸다.

"아오, 누가 보면 내가 사람들 수명을 몇십 년씩 뺏는 줄 알겠네!"
"아닙니까?"
"1초다, 1초! 콜라 한 병 먹을 때마다 1초씩 들어온다고!"

김남우가 어이없다는 듯이 물었다.

"1초? 아니, 그까짓 거 모아서 어디다 쓴다고?"
"1초 무시하네? 전 세계에서 1초씩 모이면 그게 정말 어마어

마하다고! 그러니까 넌 내 콜라가 더 잘 팔리도록 역사에 남을 콜라 유언을 남기라고, 좀! 자, 따라 해봐! 세상에서 가장 맛있는 콜라! 지금 당장 마트로 달려가 사 드세요!"

사내의 말을 들은 김남우는 질색하더니, 잔뜩 각오한 얼굴로 제안했다.

"차라리… 내 영혼을 가져가십시오!"

한데, 사내에겐 씨알도 안 먹히는 제안이었다.

"웃기고 있네! 네까짓 놈 영혼보다 콜라가 잘 팔리는 게 훨씬 중요해!"
"…"

김남우는 자신의 영혼이 콜라만도 못하단 사실에 조금 충격받았다. 사내는 그런 김남우를 향해 단단히 일렀다.

"이번에는 꼭 제대로 유언을 남기라고! 세상에서 가장 맛있는 콜라! 지금 당장 마트로 달려가 사 드세요! 어?"

·
·
·

"허억!"

"꺅!"
"엇!"

다시 한 번 침대에서 눈을 번쩍 뜬 김남우! 이번에도 그는 인상을 팍 썼다. 방 안에서 오열하던 사람들도 이 두 번째 기적에 깜짝 놀라 당황했다.

"사, 살아계셔! 선생님께서 아직도… 아직도 살아계신다!"

놀란 취재진과 카메라가 다시 김남우를 주목했다.

"염병…"
"네, 선생님?"
"…"

작게 욕설을 내뱉으며 인상을 쓴 김남우는, 다시 한 번 숨이 가빠오는 것을 느끼며 입을 열었다.

"마지막… 진짜 유언을 남기겠습니다…"
"네? 또… 아, 예! 선생님, 말씀하세요!"

김남우는 가쁜 숨을 몰아쉬며 말했다.

"세상에서… 세상에서… 세상에서…"

한데 김남우는 차마 다음 말을 잇지 못하다가, 눈썹을 꿈틀하더니 이렇게 말했다.

"세상에서… 소풍 끝나는 날… 나 하늘로 돌아가리라… 가서, 아름다웠다고 말하리라…"

그렇게 말을 마치며 눈을 감았다.

"선생님? 선생님? 선생님?"

사람들은 잠깐 눈치를 살피다, 완전히 숨이 멎은 김남우를 확인하고 나서야,

"서, 선생님이 진짜 돌아가셨다!"

다시 오열했다.

⋮

"시인 납셨네! 아주 시인 납셨어!"

어둠 속 공간, 사내가 한껏 비아냥댔다. 김남우는 민망한 듯 시선을 피했다.

"흠흠… 급하게 생각하느라…"
"생각을 왜 해, 이 새끼야! 세상에서 가장 맛있는 콜라! 지금 당장 마트로 달려가 사 드세요! 이렇게 말하라고!"
"…"

김남우는 아무리 생각해도, 전 세계인의 존경을 받는 자신의 마지막 유언이 콜라 광고라는 걸 받아들일 수가 없었다. 김남우는 곰곰이 생각하다가 사내에게 제안했다.

"그럼 유언을… 이렇게 하는 건 어떻습니까?"
"뭐? 어떻게?"

김남우는 눈을 게슴츠레하게 뜨며, 곧 죽을 것 같은 모양새로 연기했다.

"콜라… 죽기 전에 콜라가 너무 먹고 싶구나…"

김남우는 애절하게 말하고서 스르륵 눈을 감았다. 순간,

"병신! 똥폼 잡고 있네!"

"…"

"그걸로 콜라가 팔리겠어? 이슈가 되겠어? 세상에서 가장 맛있는 콜라! 지금 당장 마트로 달려가 사 드세요! 이게 확실하지!"

"아니, 무슨 그런 80년대 수준의 광고를 자꾸!"

"그러니까 이슈가 되는 거라고! 어? 전 세계적으로 존경을 받던 가수가 이런 유언을 남겼다! 얼마나 놀라워?"

"…"

"넌 저 유언을 남기기 전까진 죽어도 못 죽을 줄 알아!"

김남우는 한숨을 쉬었다. 계속 이렇게 죽었다 살아났다 하는 것도 꼴이 우스웠다.

"잠깐, 여기서 연습 좀 해보겠습니다."

"연습? 그래그래, 얼마든지!"

또 한 번 한숨을 내쉰 김남우는, 콜라 유언을 연습했다. 그는 경쾌한 톤으로 외쳐보았다.

"세상에서 가장 맛있는 콜라! 지금 당장 마트로 달려가 사 드십시오!"

"오! 딱 좋아! 아주 좋아! 그렇게만 해준다면 너에게 투자한

보람이 있겠어!"

사내는 만족했지만, 김남우는 소름이 돋아 눈을 질끈 감아버렸다.

"이건 아닙니다! 이건 정말 아니야! 내 나이가 몇인데!"
"내 발톱의 때만도 못한 나이야! 그냥 좀 해! 하라고!"
"으…"

몸서리를 친 김남우는, 이번에는 톤을 달리해서 연습했다. 표정까지 애절하게 바꿔봤다.

"세상에서 가장 맛있는 콜라. 지금 당장 마트로 달려가 사 드세요…"

마음에 들지 않는 듯 고개를 흔드는 김남우. 좀 더 슬픔이 묻어나는 목소리로 말했다.

"세상에서… 가장 맛있는… 콜라… 지금 당장… 마트로 달려가… 사 드세요."
"또 또 똥폼 잡고 있네, 저거?"

사내가 빈정거렸지만, 김남우는 사내의 말을 무시하고 유언

연습에 집중했다. 이번에는 어머니란 말을 추가해서 그리움을 담아보았다.

"세상에서 가장 맛있는 콜라… 아, 어머니! 지금 당장 마트로 달려가서… 사 먹겠습니다… 아!"

"어휴, 저 병신…"

"…"

아무리 연습해도, 어떤 식으로 말해도 저 대사는 도무지 김남우의 마음에 들지 않았다. 끝내 몸서리를 치며 소리 지르는 김남우.

"으아! 도저히 안 되겠습니다! 이건 정말 유언으로 남길 만한 말이 아니란 말입니다!"

"어휴, 저거 정말…"

"세상에 멋진 유언들이 얼마나 많은데! 루이 14세! 윈스턴 처칠! 이순신! 카를 마르크스! 그런데 난! 내 유언은 마트에 가서 콜라를 사라는 거라니… 사람들이 나를 얼마나 우습게 보겠습니까?"

발악하듯 소리치는 김남우를 보며, 사내는 한숨을 내쉬면서 고개를 흔들었다.

"어휴, 넌 그 나이를 먹도록 도대체 뭘 했냐? 깨달음이라는 게 없어?"

"뭐요?"

"사람들이 현자니, 성자니, 존경한다니 떠들어대는데도, 너는 고작 그런 인간일 뿐이냐?"

"무슨 소립니까, 지금?"

김남우가 기분 나쁜 얼굴로 인상을 찌푸리자, 사내가 정색하며 말했다.

"똥폼 좀 잡지 말란 말이다. 넌 도대체 유언이 뭐라고 생각하는 거냐?"

"그야! 죽기 전에 마지막으로 세상에 남기는 소감…"

"소감, 뭐? 세상에 남기는, 뭐? 세상에 남기는 명언?"

"…"

"유언으로 뭘 하고 싶은데? 유언 몇 마디로 사람들에게 큰 깨우침이라도 주고 싶냐? 감동이라도 주고 싶어? 마지막 순간까지도 멋있었던 위인으로 회자되고 싶어?"

"…"

김남우의 얼굴이 딱딱하게 굳었다. 사내는 김남우를 똑바로 바라보며 말했다.

"너희 인간들은 말이란 것이 얼마나 소중한지를 잘 몰라. 유언이란 네 말의 끝이야. 지금 이렇게 아무렇게나 떠들고 있는 네 말의 마지막, 진짜 끝이라고."

"…"

"인간들은 말이란 게 영원히 있을 줄 알고 쉽게들 내뱉는단 말이야? 말이 소모품이라고는 단 한 번도 생각하지 않지. 유언은 말이야, 네가 가지고 태어난 총의 마지막 총알이야."

"!"

"그 총알로 넌 뭘 할래? 똥폼이나 잡을래? 사람들한테 이렇게 살아라, 삶이란 이런 것이다, 잔소리나 할래?"

김남우의 눈동자가 흔들렸다. 사내는 씩 웃으며 고개를 끄덕였다.

"마지막 총알은 남들한테 쏘는 게 아니야. 내가 그동안 어떻게 살았나 확인하는 용도로 자신한테 쏘는 거야. 김남우. 너는 어떻게 할래?"

⋮

"허억!"

다시 눈을 번쩍 뜨는 걸로도 모자라, 상체를 크게 들썩이는 김남우!

"꺄아악!"
"허억!"

방 안의 모두가 경악하며 뒤로 넘어갔다.

"서, 서, 서, 선생님!"
"선생님이 살아계신다! 선생님이 아직, 아직도 살아계신다!"

방 안에 있던 사람들 모두가 당황했다. 얼마나 당황했던지, 조금 전까지만 해도 오열하고 있던 사람들의 표정이라고는 믿기지 않을 정도였다. 그러거나 말거나, 김남우는 멍한 얼굴로 허공을 바라봤다.

"…"
"저기… 선생님?"

멍하니 허공의 한 점을 응시하고 있던 김남우의 입이 천천히 열렸다.

"난… 나는… 난 도대체 평생 뭘 한 거지?"

김남우의 눈시울이 붉어졌다. 김남우는 머릿속으로 자신의 인생을 돌아봤다. 가수를 꿈꾸었지만 현실의 벽을 핑계로 모든 걸 포기하고 폐인처럼 지냈던 나날들. 그러다 그를 만나고, 그에게 소원을 빌고, 그의 능력으로 가수가 되고, 그의 능력으로 음악이 대박 나고, 그의 능력으로 사람들의 사랑을 받고, 그의 능력으로 평생을 존경받는 대가수로 살아왔던 나날들.

부들부들 떨던 김남우가 허탈하다는 듯 말했다.

"내 꿈에 내가 없구나."

김남우의 눈에서 눈물이 흘러내렸다.

"서, 선생님?"

김남우는 자신을 바라보는 사람들과 카메라들을 둘러보았다. 웬일인지, 목에서 맑은 음성이 흘러나왔다.

"지금까지 내가 유언이랍시고 지껄인 말들은 모두 잊으세요. 이제 내가 정말로 하고 싶은 말을 하겠습니다."

김남우의 표정에 압도된 사람들이 숨죽인 채 그를 지켜보았다. 김남우는 카메라를 똑바로 바라보았다. 카메라 너머 자신을 존경하고 있을, 전 세계의 사람들을 향해 똑똑히 말했다.

"내 음악은 내 것이 아닙니다."

사람들이 놀라거나 말거나, 김남우는 이어 말했다.

"나는 여러분의 존경을 받을 만큼 대단한 사람이 아닙니다. 내가 세상에 남긴 것은 아무것도 없다고 생각하면 됩니다."
"선생님?"
"여러분. 살면서 정말로 하고 싶은 것이 있다면, 그건 본인이 해야 합니다. 내가 해야만 해요. 남이 해주면 재미가 없습니다."
"…"
"아! 이걸 왜 이제야 알았을까…"

눈물이 그치지 않는 김남우. 곧 그의 호흡이 가빠졌다.

"왜 나는… 그걸 이제야… 이렇게… 늦게…"
"선생님!"

사람들이 소리치는 가운데, 김남우가 쓸쓸한 얼굴로 눈을 감았다. 사람들은 다시, 진심으로 오열했다.

한데 또, 김남우가 눈을 떴다.

"서, 선생님?"

김남우의 얼굴에 희미한 웃음기가 걸려 있었다. 모두가 그를 바라보자, 그는 온 힘을 다해 마지막 유언을 내뱉었다.

"세상에서 가장 맛있는 콜라! 지금 당장 마트로 달려가 사 드세요!"

"네?"

지켜보던 모두가 영문을 모르겠다는 듯한 표정을 지었다. 그런 그들의 얼굴을 살피는 김남우의 표정에 웃음이 어렸다. 그리고 김남우는, 편안한 얼굴로 마지막 숨을 거두었다.

⋮

어둠만이 가득한 공간, 침대 위에서 멍한 얼굴의 김남우가 눈을 떴다.

치익!

"콜라나 한잔해."

김남우는 사내가 내민 콜라를 시원하게 들이켰다.

"크… 그래도 내 유언이 거짓말은 아니군요. 맛있습니다."

"당연하지! 이게 잘 팔려야 내가 이익을 보는데, 오죽 맛있게 만들었겠어?"

한바탕 웃은 둘은 연거푸 콜라를 들이켜며 노닥거렸다.

이제 뭐 할래?

내가 어떻게 압니까?

저승에서 가수나 해보든가.

저승에도 가수가 있답니까?

있지. 근데 저승에서는 내가 못 도와줘. 네가 직접 다 해야 돼.

아…

어때?

…저승에서는 무슨 음악이 유행한답니까?

작가의 말

처음, 책 계약을 했을 때는 정말 신기했습니다. 어떻게 내가 책을 내게 됐는지 믿을 수 없었죠. 그래도 다음에는 이렇게 생각했습니다.

'그래, 내 인생에 이런 이벤트 한 번쯤은 있을 수도 있다.'

오히려 걱정만 했습니다. 한 번에 6천 권을 찍는단 말을 들었을 때는, 재고가 출판사에 높이 쌓여 있고 그쪽으로는 얼굴도 못 드는 저를 상상하며 불안해했었습니다.

그런데 지금 또 책이 나와버렸습니다. 평생 한 번의 이벤트로 끝나지 않은 겁니다. 뿐만 아니라 최근 몇 달간 제 모든 일상은 책과 관련되어 움직이고 있습니다. 하루하루가 이벤트인 겁니다. 상상도 못 했던 이런 변화를 어떻게 받아들여야 할까, 매일 신기합니다. 낯설지만, 분명히 좋습니다.

제가 정말 운이 좋은 사람인 거겠죠. 공포 게시판에 올린 제 이야기를 재밌다고 해주신 분들, 응원해주신 분들, 글 쓰는 법을 가르쳐주신 분들, 출판사 분들, 기자님들, 서평 남겨주신 분들 모두가 제게는 행운입니다. 잘되게 해주셔서 정말 감사합니다. 행복하세요!

정말 미안하지만,
나는 아무렇지도 않았다

2018년 4월 5일 1판 1쇄 발행
2024년 9월 9일 1판 12쇄 발행

지은이 김동식
펴낸이 한기호
편 집 김민섭, 오효영, 문아람
경영지원 국순근
펴낸곳 요다
출판등록 2017년 9월 5일 제2017-000238호
주소 121-839 서울시 마포구 서교동 484-1 삼성빌딩 A동 2층
전화 02-336-5675 팩스 02-337-5347
이메일 kpm@kpm21.co.kr

ISBN 979-11-89099-01-5 04810
979-11-962226-1-1 04810 (세트)

· 요다는 한국출판마케팅연구소의 임프린트입니다.
· 책값은 뒤표지에 있습니다.